KB096790

말할 수 없어 찍은 사진,

보여줄 수 없어 쓴 글

개정판

최필조 지음

힘껏 굴러가며 사는
이웃들의 삶

알파미디어

차례

2부 늙는 게 아니라, 익어가는 것이라네 – 손

3부 괜한 참견, 뜻밖의 위로 – 밤골

4부 고마워요, 당신을 만날 수 있어서 – 길 위에서

여는 글

카메라를 들고 집을 나서면 언제나 나를 위한 거대한 무대가 펼쳐져 있었다. 자연은 무대가 되고 사람들은 배역이 되어 나를 맞아주었다. 한때 나는 스스로 관람자가 되었다는 착각으로 유랑하듯 세상을 떠돈 적이 있다. 그러나 이제는 안다. 어떤 사람도 자기의 삶에서 구경꾼일 수는 없다. 너무 늦지도 이르지도 않은 나름의 깨달음이라고 할까. 한편으로는 다행이다.

그동안 카메라를 들고 만나온 사람들의 이야기를 책에 담아보았다. 사진 속 등장인물들과 풍경들이 전하는 느낌, 감상은 곧 나의 이야기와 같았다. 네 개의 테마로 나누어 글과 사진을 정리했는데, 그러고 나니 다소 어색한 구분이라는 생각도 든다. 어쨌든 판단은 독자의 몫으로 오롯이 남겨둔다.

자네 왔는가?

—

카메라를 둘러맨 필자가 인사를 건네면, 원래 알고 지내던 사람인지 아닌지 알 수 없다는 표정을 짓는 분들이 제법 있다. 보통은 '누군데 나에게 인사를 할까?' 하며 의심의 눈초리로 간단한 목례를 하고 지나간다. 하지만 나이 지긋한 어르신들의 생각은 조금 다른 것 같다.

'내가 저 사람을 알고 있었는데, 기억이 나지 않는구나.'

그래서 이렇게들 말씀하신다. "미안하게도 누군지 모르겠네.", "내가 기억이 가물가물해서… 뉘시더라?" 처음 보는 나를 의심하는 대신 당신의 기억을 의심했다. 기억을 의심해야 하는 나이라는 것을 서글프게 생각하고 싶지는 않다. 어차피 기억은 불완전한 것 아닌가. 나는 그렇게 말씀하시는 어르신들께 마치 구면인 것처럼 인사드린다. "잘 지내셨어요?", "볼 때마다 젊어지십니다." 그럼 다들 더 반갑게 맞아주신다. 경상북도 의성에서도 그랬고, 바다 건너 울릉도에서도 그랬다. 사진 속 어르신은 나의 인사에 이렇게 대답하셨다.

"자네 왔는가?"

우린 사실 알고 보면 모두 구면일지도 모른다. 나와 독자 여러분이 책을 통해 만나게 된 것 또한 깊은 인연因緣의 끈이 닿아 있기 때문일 것이다. 어느 스님의 수필집에 이런 글귀가 있다.

'수없이 반복되는 생, 세상 모든 사람들
내 어머니 아니었던 분 없어라.'

세상에는 수없이 많은 내 어머니의 모습이 곳곳에 숨어 있었다. 꼭꼭 숨었던 게 아니라 원래부터 오랫동안 그곳에 자리를 잡고 있었던 것이리라. 나는 사진을 매개로 삼아 어쩌면 나와 관계가 있을지도 모를 세상의 인연들을 찾아 나서곤 했다. 영등포의 허름한 시장통, 고즈넉한 시골마을, 뒷모습으로 다가왔던 길 위에 사람들, 그리고 흔히 달동네라고 불리는 밤골마을 등에서 수없이 많은 인연들을 만났다. 그리고 어떤 인연은 어느새 나의 새 연인이 되어 있었다.

그런데 당신은 어디서 나온 사람이오?

시골 어르신들은 내가 커다란 카메라를 들고 있으면 방송국에서 나왔다고 믿는 경향이 있다. 내가 쓰는 렌즈가 커서 그런 오해를 자주 받는다. 가뭄이 심했던 서산에서는 할아버님의 요청으로 영상을 찍기도 했다. 운산면에 가뭄이 극심하니 양수기를 빨리 보내달라고 부탁하셨다. "어르신 찍기는 하는데, 이걸 어디로 보내요?"라고 여쭈니 그건 기자가 알아서 해야지 그것까지 알려줘야 하냐며 한심하다는 표정으로 바라보셨다. 경기도 여주에서는 내복만 입고 콩을 털던 할아버님이 나를 보자마자 집으로 들어가셨다. 그리고 곧바로 하얀 와이셔츠를 입고 나오셨다. 나를 군청에서 나온 사람으로 착각하신 것이었다. 민망해 하실까 봐 "사진도 찍을 겸 취재왔어요." 하며 적당히 둘러대야 했다. 전라남도 무안의 인상 좋은 할머니께서는 그냥 보

낼 수 없다며 커피라도 먹고 가라고 붙잡으셨다. 그래서 감사한 마음에 사진 몇 장을 찍어 드렸더니 이렇게 말씀하셨다.

"집에 티브이가 없어서 찍어줘도 볼 수가 없어.
자, 한잔 하슈!"

이런 오해를 받을 때마다 책임감도 함께 느낀다. "사진만 찍지 말고 이런 한심한 상황을 세상에 좀 알려!"라고 하신 어느 할아버님의 말씀처럼 나만의 방식으로 그분들의 이야기를 옮겨야겠다는 생각도 해본다. '주말에는 또 어디를 갈까?' 인터넷 지도를 살펴본다. 나는 논두렁이나 밭고랑에서 어르신들과 이야기하는 것이 좋다. 두런두런 세상 돌아가는 이야기를 나누다 보면 내가 정말 방송국에서 나온 기자라도 된 듯한 기분이 든다. 그럴 때마다 빠지지 않고 듣는 질문이 있다.

"그런데 당신, 어디에서 나온 사람이오?"
"아, 어디서 온 게 아니고요.
그저 사진을 좋아하는 평범한 사람입니다."

어디에서 온 것이 아닌, 나처럼 평범한 사진가는 어떤 마음이어야 할까? 나는 일찌감치 그것을 '진심'이라는 말로 표현하고 있다. 진심이 곧 사진가의 책임이다. '내가 찍은 당신의 사진이, 내가 들은 당신의 이야기가 이렇게 소중합니다.' 이런 마음이 내가 찍은 사진에 담기기를 진심으로 원한다. 그리고 그것이 이 책을 선택한 독자들에게도 전해지기를 기대한다.

손, 그리고 뒷모습

이 책의 한 가지 테마가 된 손, 예로부터 사람의 손은 상징성을 포함했다. 친밀감과 감사의 표현인 악수는 주로 오른손으로 한다. 내가 빈손임을 확인해 줌으로써 상대방의 경계를 푼다는 것에서 유래했다. 불교에서는 오른손이 불계, 왼손은 중생계를 의미한다. 따라서 양손을 펴 겹친 후 두 엄지손가락을 맞댄 부처의 손은 깨달음과 미혹함이 본래부터 하나였다는 상징이다. 기독교의 경우 손은 절대자의 능력이라는 의미가 담겨 있다. 가령, '하나님의 손으로 우리를 인도하사…'라는 목사님들의 기도가 대표적이다. 이렇듯 손은 수많은 상징의 표현이다. 사실 나는 손을 소재로 삼아서 찍는 사진가가 아니다. 특별히 어느 한 가지 소재에 매달리거나 집착하여 사진을 찍는 것을 즐기지 않는다. 그럼에도 불구하고 손이라는 특정 오브제를 책의 한 파트로 정리한 까닭은 '손'이 우리의 삶을 표상한다고 믿기 때문이다.

사람들의 뒷모습도 손과 마찬가지로 우리의 삶을 상징한다. 아주 오래전 인상 깊게 읽은 책이 있다. 프랑스 최고의 작가로 불리는 미셸 투르니에의 책 『뒷모습』에는 수많은 사람들의 뒷모습이 등장한다. '뒤쪽이 진실이다!'라는 카피가 매혹적인 이 책은, 우리 삶의 진실은 익숙한 앞보다 익숙지 않은 뒤에서 더 많이 발견할 수 있음을 알려준다. 다시 강조하지만 나는 그것이 내가 배우고자 했던 '진심'이라고 생각한다. 손이든 뒷모습이든 또는 철거되기 직전의 밤골마을이든 뭐든 간에, 나는 그간의 사진 활동으로 우리의 모든 순간들이 진실이 되기에 충분하다는 사실을 깨달았다. 모든 삶은 그 자체로 충분히 숭고하고 의미 있음도 배웠다.

책에 소개한 글들은 나 역시 내 사진의 감상자로서 공감한 바를 적은 것이다. 무엇인가를 추억하고 싶을 때는 조금 길게 쓰기도 했다. 한편으로는 독자의 사진 감상에 방해가 되지 않기를 바라는 마음으로 짧은 글로 기록하였다. 어르신들이 주신 말씀은 녹음을 해두었다가 여과 없이 옮겨 적었다. 오랜 세월을 살아온 분들이 들려주는 담담한 이야기는 한 권의 책이라 해도 결코 손색이 없었다. 나는 '모든 사람이 한 권의 책'이라는 말을 실감했다. 그 책을 읽는 방법으로 사진을 선택했다는 생각도 해본다. 애초에 출판을 염두에 두지 않은 사진과 글들이었다. 출판사 입장에서는 엮어내는 일이 쉽지 않았을 것이다. 노고에 감사드린다. 개인적으로는 지난 시간을 정리하는 의미 있는 시간이었다. 추운 겨울날 주머니에 넣고 다니고 싶은 손난로 같은, 나는 부디 이 책이 그리되어주기를 희망해 본다.

최필조

choi pil jo

자신의 뒷모습을 볼 수 있는
사람은 없다. 그래서 앞모습만
치장하고 때로는 거짓 웃음을 짓기도
한다. 우리가 앞만 보고 살아가는
이유이기도 하다. 그의 뒷모습에는
'사랑에 빠졌다. 마음 설렌다.
그래서 행복하다.' 또는 '한없이
외롭다. 가슴 아프다. 그래도 잘
견디고 있다.' 등의 감정이 잘
드러난다. 거짓 없는 진실이 그의
뒷모습에 담겨 있기 때문이다.

1부

진실한 당신, 남몰래 훔쳐보기

뒷모습

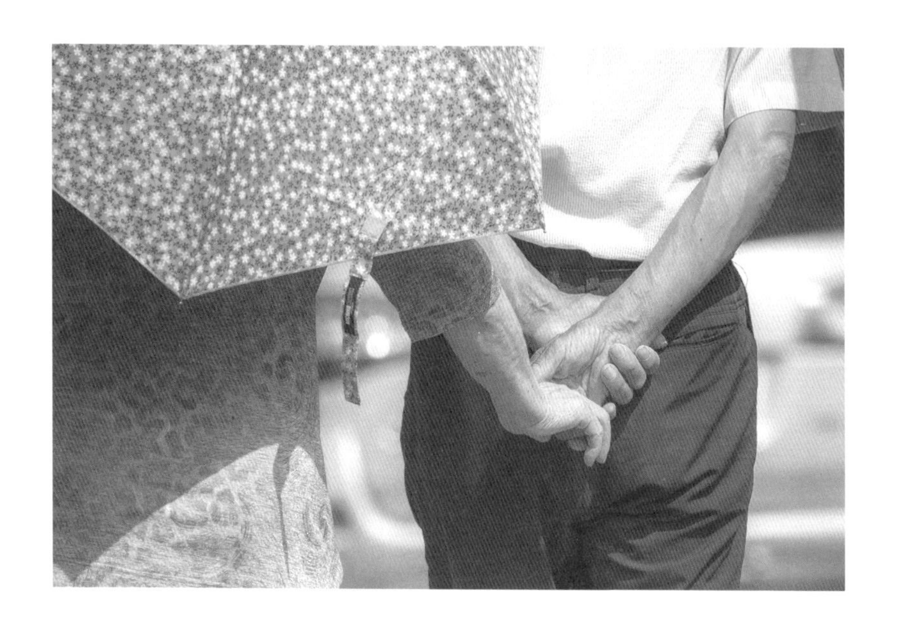

사진이 나에게 묻습니다

그래서 당신은
삶을 사랑하는 방법을
조금은 알게 되었느냐고

그래서 당신은
조금 더 우리의 삶을
사랑하게 되었느냐고

지나간 시간이
진심으로 남겨준 것이
무엇인지 알게 되었느냐고

하나 그리고 둘

좋아서요.
하나면 족한 우산이 좋아서요.

"이제 비가 그쳤습니다."라고
말하지 못하겠습니다.

저만 조마조마합니다

훨씬 먼저였겠지요.
이 길에 신호등이 생기기 훨씬 전부터

여름이면 물웅덩이에 개구리 살고
겨울이면 꽝꽝 얼어 미끄럼질하던
한 계절 고스란히 감당하던 길이었을 겁니다.

요즘 길은 왜 이렇게 무뚝뚝한지요.
저는 도저히 아무런 흔적도 남기지 못하겠습니다.

아버님께는 그깟 빨간 신호등도 소용없겠지요.
눈 감고도 다닐 수 있는 길일 테니까요.
뒤에서 바라보는 저만 조마조마합니다.

주사를 기다리며

"괜찮은가요?"

"아… 아뇨, 또 재발했습니다."

검사 기록을 잘못 봤다면서 이번에도 주사를 맞아야 한다고 말했다. 그 짧은 몇 마디에 나의 기분이 얼마나 오락가락하는지 이 젊은 의사는 아는지 모르겠다. 세 시간의 기다림, 오 분의 진료 또 망막 주사를 맞기로 했으니 족히 두 시간은 더 기다려야 한다. 5년차 망막 환자인 나는 이제 익숙하다. 술술 읽히는 소설책을 하나 가져와 시간을 때운다. 내 바로 앞에는 오늘 시술이 처음인 어느 모녀가 나처럼 주사를 기다리고 있었다. 하얀 머리와 까만 머리가 다정하게 머리를 맞대고 도란도란 이야기를 나누고 있었다. '눈에 주사를 맞는다고? 눈 주위가 아니라 눈알에?' 같은 질문을 여러 번 하시는데 딸도 경험이 없으니 뭐라 말을 못 해주는 상황이었다. 담당 간호사가 분명히 설명을 해줬을 텐데 이해를 못 하신 듯하다. 이런 것도 경험이라고 듣다못해 내가 설명을 해드렸다. 한 질환을 오래 두고 살다 보면 그 분야만큼은 어느 정도 설명이 가능하다고 할까? 황반 변성이 어떻고 부종이 어떻고 아바스틴이니 아일리스니 보험까지 설명해 드렸다. 눈을 감지 못하도록 특별한 장치를 해서 실수할 걱정은 없다고 말씀드렸다. 그리고 조금 당황스럽기는 하지만 별로 아프지 않다고 말씀드렸다. 기다리는 것이 지루하면 지하 1층의 식당가에 다녀오셔도 좋을 것이라는 조언도 드렸다. 나는 마치 병원 관계자라도 된 기분이었다. 얼마 지나지 않아 이 사이좋은 모녀는 손을 꼭 잡고 매점으로 향했다. 분명 나도 환자라고 말했는데 할머니는 나를 의사처럼 바라봤고 매우 안심하는 표정이셨다.

병든 눈을 하루에도 몇 백 번씩 봐야 하는 의사들은 지치고 피곤할 것이다. 심지어 공포에 떠는 눈에 직접 주사를 놔야 하는 의사는 제발 그의 경력에서 이런 시간이 빨리 지나가기를 바랄지도 모른다. 그들의 노고에 대해 고맙게 생각한다. 그런데 이 병원의 의사들에게 아쉬운 게 하나 있다. 나는 이 병이 쉽게 낫지 않으리라는 것을 잘 안다. 하지만 그렇더라도 그들에게 이런 말을 듣고 싶다.

"좋아지고 있습니다. 힘내세요."

치료만큼 중요한 것은 따뜻한 한마디의 위로다. 그것을 잊지 않았으면 좋겠다.

나도 잘 알지

나도 알지
엄마가 없는 집은
썰렁하다 못해
무서웠으니까

언제나 오시려나
기다리며
마당에 앉아 놀던
그 마음을

오누이

동생 등에 업으면
힘들다고 말하지 않았던 오빠

동생이 말합니다.

오빠, 꽃 좀 보라고
쉬어 가라고

생각나지 않겠지

그 시절의 기억들은
머리가 아니라
가슴이 기억하고 있으니까

얼굴에 써 있나?

군대 시절
같은 소대 후임병이
전화 부스에서 나오지 않는다.
심각한 표정으로 한숨만 쉰다.
무슨 일인가 싶어 기다렸다.

아니나 다를까,
두고 온 애인과 대판 싸웠단다.
다른 사람이 생겨 이러는 것 같다며
금방이라도 울 것 같은 표정이었다.

심정은 이해하지만
그때 그런 말을 했어야 했는지

"최 병장님은 애인 없어서 좋으시겠어요."

애인이 있다고 하지는 않았지만
없다는 말도 안 했었는데
어떻게 안 건지. 나 원 참

여름 풍경

햇살은 뜨거워도
아빠가 있으니까

춥지?

목도리
너 해!

손 흔들며 춤추고 싶다

어느 바람이
여린 손에 잡히나
운 좋은 너는 누굴까?

바람이고 싶다.
나도 새하얀 바람 되어
손 흔들며 춤추고 싶다.

가을밤

술집과 술집 사이에
어둑한 길 하나

그 길에 웬 남자
우두커니 서 있다.
카메라를 들고

기분 좋게 취한 두 남자는
카메라 든 남자에게
별걸 다 물어본다.

어여 지나가세요.
저도 지나가던 중이었습니다.

가을을 붙잡고 싶어서
조금 천천히 지나가고 있었습니다.

늘어진 그림자 같은

온종일과 맞바꾼
검은 봉지 몇 개를 들고

낮은 어깨로
좁은 걸음으로

터벅터벅

집에 가는 길

저 예쁜 손들
혹시라도 끊어질까 봐
차를 멈추고 기다립니다.

맞아요
그때는 알았습니다.
먼저 가는 것보다
빨리 가는 것보다

함께 가는 것이
더 큰 행복이라는 걸

ROCKET

낮잠

저기요. 기사님
그만 일어나세요.

손님이 없어도
출발은 하셔야죠.

다음 정거장은
다를 겁니다.

내일이라는 정거장은
아마 다를 겁니다.

가라앉는 노을

누군가의 마지막 뒷모습을
그 아련한 실루엣을
경험해 본 사람만이 아는
허전함

낮잠 2

왜 그러셨어요.
빽도가 나오면
과거로 가야 합니다.
꿈속에서라도 말입니다.

윷가락을 던져서
깨워드려야 할 텐데

그러기 싫네요.
편안해 보이십니다.

야, 이놈들아!

이 철없는 종이 박스야,
이 매정한 비탈길아!

축빌라
4900만
신축 빌라
2억4900만원
신축 분양
역세권
구 주택 옥
고가매입
4647-7983
파격분양
36
평
최저가빌라
방2~1억4천
신축빌라가
5층중 4층 로얄층
넓은 거실!!
일렬주차100%
실분양면적24평
초급매가 1억7500만원
3.6호선
역세권중
역세권 위지짱!
방2 신축빌라
3.6호선 역세권!!
3천만원!!
1억7900만원!
01 02 03 04
뉴아름빌라
응암역도보12분
방2큰거실
1억7천5백
신축분양
3.6호선
역세권중
정류소

버스 정류장에서

모래 속에 손 집어넣고 두들기며 노래하던 어린 시절이 떠오릅니다.
헌집을 주면 새집을 준다던 그 두꺼비는 도대체 언제쯤 나타날까요?

담배 피우세요?

내가 서울에 올라와 살게 된 것은 대학 때문이었다. 그 전까지는 단 한 번도 서울에 발을 디뎌본 적이 없었다. 이후 대학을 졸업하고 직장을 얻어 결혼까지 하며 30년 가까이 서울에 살고 있다. 그러니까 내가 태어난 촌구석보다도 여기에서 더 긴 시간을 보낸 것이다. 사진을 찍게 되면서 나는 서울이라는 도시가 궁금해졌다. 인구가 1,000만 명에 가까운 이 곳에는 얼마나 다양한 삶이 있을까? 호기심이 생겼다. 서울을 찍기로 결심하고 처음 찾은 곳이 영등포였다. 영등포를 시작으로 서울의 모든 구를 고루 다녔다. 그리고 몇 년간 80여 지역을 촬영해 사진으로 남겼다. 서울을 돌아다니는 일에 흥미를 잃은 요즘은 출발점이었던 영등포로만 다니고 있다. 이유는 잘 모른다. 그냥 편하다. 굳이 나와 영등포의 연관성을 찾자면 다음과 같은 에피소드는 있다.

나의 첫 직장은 대림동에 있었다. 그리고 첫 출장지는 독산동이었다. 그런데 어리숙하게도 영등포행 버스를 탔다. 버스는 맞게 탔지만 반대 방향으로 타고 말았다. 영등포 시장역에서 내렸을 때는 이미 약속시간에 늦어 있었다. 핸드폰이 없던 시절, 나는 나의 멍청함을 직장에 알리기 위해 공중전화로 갔다. 당시는 공중전화에 사람들이 줄지어 대기하는 모습이 흔했다. 순서를 기다리며 대사를 연습했다. "제가 버스를 잘못타서 미팅을 펑크 냈습니다. 죄송합니다. 어떻게 할까요?" "뭘 어떻게 합니까. 최필조 씨 어디서 냉수나 한 사발 하고 퇴근

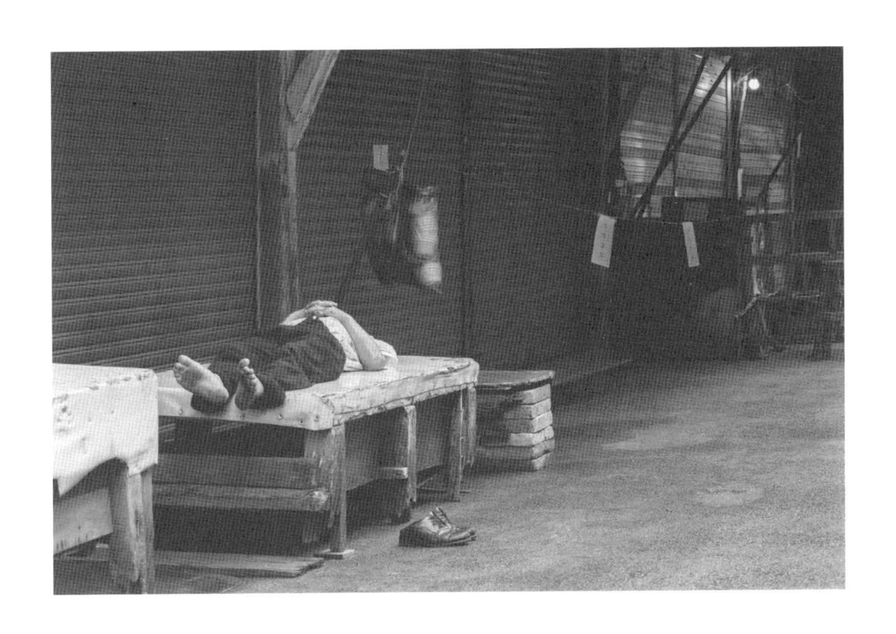

하세요!"라는 대답까지 상상하며 짧고도 지루한 시간을 보냈다. 그런데 기다리는 내내 뒤에 있는 아주머니가 신경이 쓰였다. 껌을 씹는 소리도 그렇고 옷차림도 범상치 않았다. 더군다나 옆쪽 전화 부스는 줄이 더 짧은데, 굳이 내 뒤에 있는 것이었다. 내가 연습한 대사로 통화한 후 끊을 때가 더 가관이었다. 다짜고짜 나에게 놀다 가란다. "네? 놀다 가라고요? 저는 지금 직장으로 복귀해야 합니다." 그랬더니 싸게 해줄 테니 한 시간만 놀다 가라고 한다. 평소라면 무시하고 말았을 것을, 그 날에 받은 여러 스트레스로 나는 평정심을 잃어 화를 내고 말았다. 나의 강렬한 표현에 그녀는 별 미친놈 다 보겠다며 도망치듯 골목으로 사라졌다. 이후로 나는 두 번 다시 영등포를 가지 않았다. 싫었다. 이상한 질문을 던지는 아줌마가 살고 있는 그 동네가…

그런 기억이 가물가물해질 만큼의 시간이 흘렀다. 그리고 나는 요즘 일주일이 멀다 하고 영등포를 찾는다. 즐거운 마음으로 골목을 돌아다닌다. 마주치는 아주머니들께 인사도 잘한다. 그런데 아쉽게도(?) 놀다 가라는 아줌마를 만날 수가 없다. 이제 나는 별로 놀고 싶지 않은 사람으로 보이나 보다.

사진 속의 남자는 내가 좋아하는 영등포 시장 완구 골목의 단골손님이다. 특이하게도 가게들이 모두 문을 닫은 시간에 온다. 그리고 나에게 늘 비슷한 질문을 한다. “담배 피우세요?” 그래서 언젠가는 담배를 한 갑 사다 주었다. 불도 있냐고 물어볼까 봐 조마조마했는데 주머니에서 바로 라이터를 꺼냈다. 그 후로 우린 친구다. 오랜만에 만나면 무슨 일이 있었느냐며 안부도 묻는다. 나는 이상하게도 번들거리는 강남의 거리는 걷고 싶은 생각이 없다. 그보다는 구리구리한 골목이 있는 영등포 시장이 좋다. 서울에 아무리 오래 살아도 변하지 않는다. 역시 나는 구리구리한 촌놈인가 보다. 그때 그 아주머니가 촌놈을 알아봤던 것 같다. 그래서 놀다 가라고 했던 모양이다.

저녁 그림자에게

너 종일 어머니 뒤에서
따라다니지만 말고

이 비탈길은
네가 먼저 올라가거라!

어머니 좀 쉬신단다.

돌아가는 길

개심사 무량수각 쪽마루에 앉았습니다. 옆에는 카메라가 한자리를 떡하니 차지하고 쉽니다. '너는 살이 찌는 것 같지 않은데 갈수록 무거워지는구나.' 하고 혼잣말을 합니다. 때마침 목탁소리가 들립니다. 주변이 조용해서인지 그 소리가 가슴에 깊고 잔잔하게 스밉니다. 그리고 생각합니다. '목탁의 소리가 스님의 손에서 벗어나 우연한 여행자의 가슴을 울리듯 나의 사진들도 누군가의 마음을 위로하는 울림이 되었으면 좋겠다.' 수행자의 목탁이 그렇듯 카메라도 사실은 나를 위한 것이 아닐지도 모릅니다. 절을 내려와 집으로 돌아가는 길이 꽃길입니다. 분명히 같은 길인데 올 때는 보지 못했던 길입니다. 목탁소리에, 절 이름처럼 내 마음이 조금은 열렸나 봅니다.

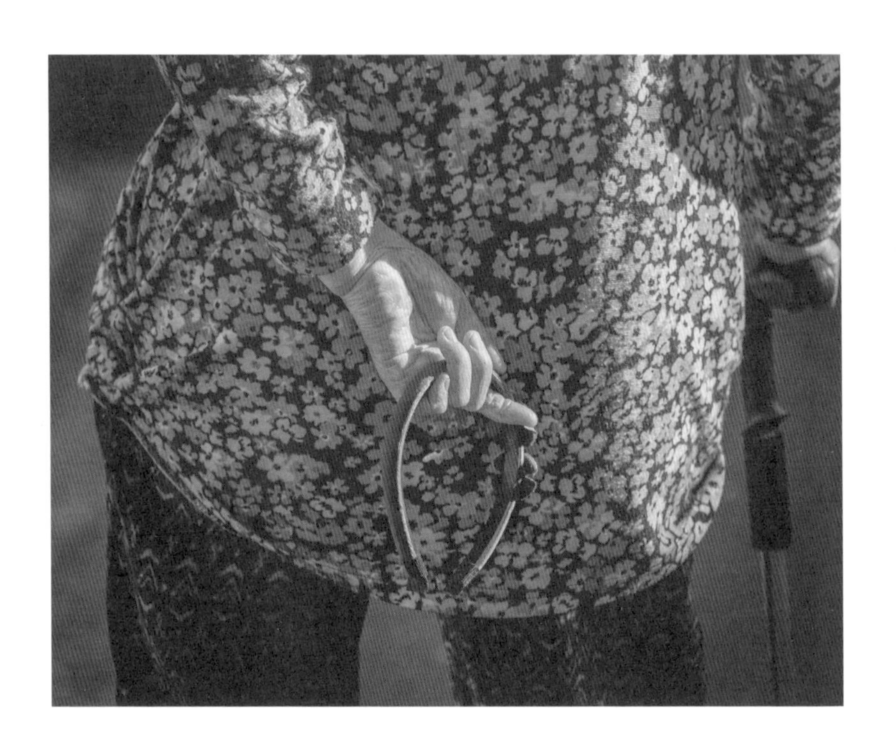

머리띠는 머리에 하셔야죠?

염색하고 해야지 이 사람아
지금 하면 머리띠만 보여!

상추밭 가는 길

꽃무늬 원피스 아주머니는
상추밭에 모기를 기르신다.

나에게 상추가 실하다며 따라오라고 하시더니
키우는 모기들에게 내 피를 실컷 먹였다.

상추 한 봉지를 들고
다리를 긁고 있는 나를 보며
매우 흡족한 미소를 지으셨다.

다음에는 긴 바지에 긴 소매를 입고 와야지,
상추만 뜯는 것이다.
모기에게는 뜯기지 말고
물론 아주머니가 조금 섭섭해하시겠지만…

아, 어여와!

아내는 나이가 들수록 강해진다.
그건 호르몬 때문이 아니다.
남편이 약해지기 때문이다.

생물학적으로 남성이 먼저 죽는 일은
미안한 일이라 생각한다.
끝까지 신세를 져야 하니 말이다.

그녀의 갯벌

발자국 찍어
바닷물 고이면,

거기엔 무엇이 피어날까?

사진이고 뭐고

걸을 때마다 풀벌레가 튄다.
아주머니의 말처럼 정말 유기농인가 보다.

사진이고 뭐고
일단 와서 좀 쉬란다.

빨간 딸기 우유에
빨대 꽂아주신다.

젊은 외국인 일꾼들이 눈으로 인사한다.
내 덕분에 쉬는가 보다.

하긴 더위 먹고 호박밭에 쓰러지면
나만 손해지. 누가 알아준다고…
새카만 외국인 두 명과 카메라 든 남자는
빈 우유갑을 쭉쭉 빨며 더위를 달랜다.

그래, 사진이고 뭐고

개심심

언제 끝나는데?
집에 좀 가자, 응?

내가 아흔이네

내 또래들이 어릴 적에는
병으로 절반은 죽었어
스무 살 넘어서는 전쟁통에
또 반은 죽었고

맘대로 되는 게 아니여
나부터 세 발 앞서간 놈은 죽고
난 살더라니까

그럼! 오래 살아야지
그놈들 몫까지

그런데 왜 눈물이 멈추지 않을까

다 버리고 가야지, 하고
장롱 속을 뒤졌더니
그 인간 사진이 나오더라고

박박 찢어도 시원찮을 그 인간 사진이

그런 길이 있었지

어느 누구와도
나란히 걸을 수 없는

양령로 61-4길은
인생길이었다.

삶의 무게

당신의 오늘은
감당할 수 있을 만큼의
무게였나요?

고무대야가
시멘트 바닥에 갈리는 소리가
마음속에 박힙니다.

백인백수百人百手! 사람들은 저마다
다른 손을 가졌다. 마음과 표정은
감출 수 있겠지만 고스란히 드러난
손은 당사자의 삶을 헤아릴 수
있도록 해준다. 삶의 내공이
묵직하게 묻어난 이웃들의 손은
때때로 삶의 지혜가 되어주기도
한다. 그래서 오랫동안 기억하고
싶은 욕심을 갖도록 만드는 것이다.

2부

늙는 게 아니라,

익어가는 것이라네

손

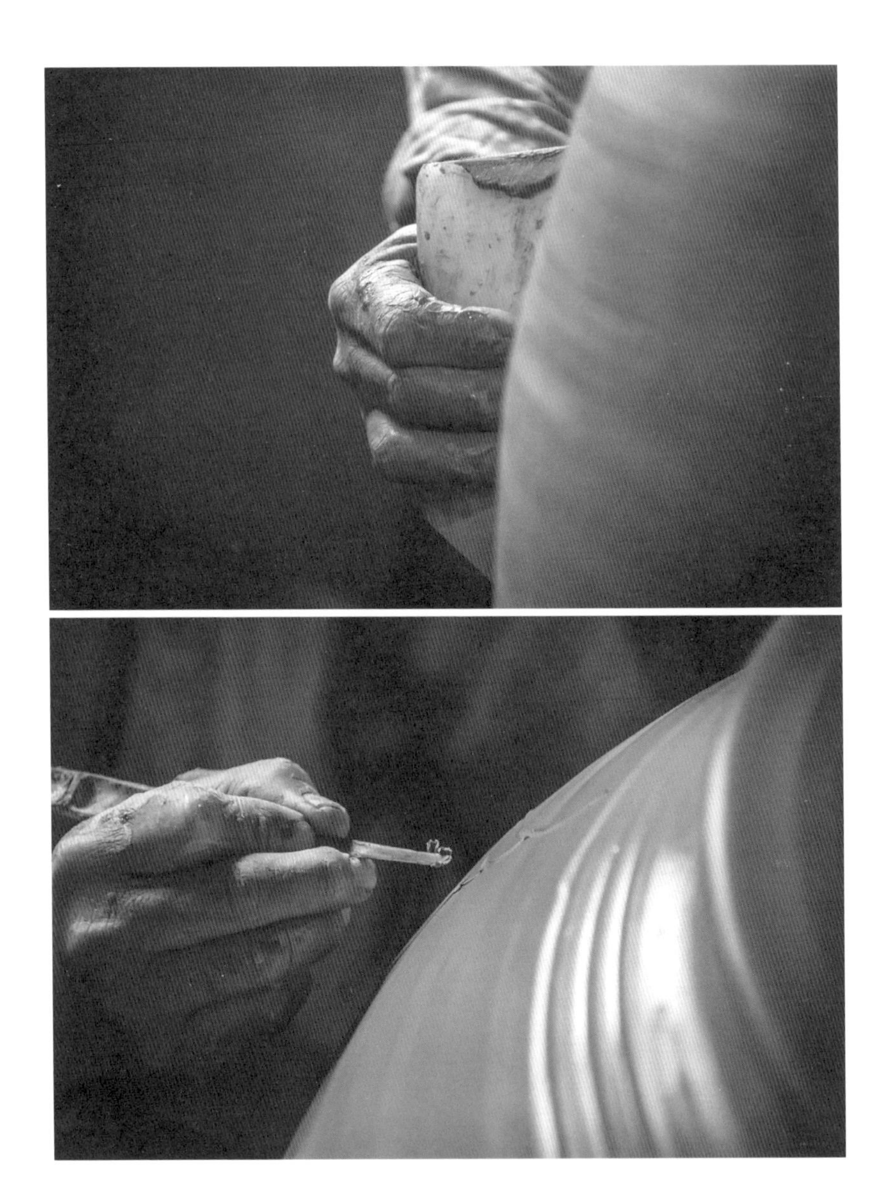

덜어내기

면을 고르게 폅니다.
무념무상이지요.
마음도 고르게 펴집니다.

거기까지는 쉽습니다.
중요한 것은 덜어내는 일입니다.
더하는 것은 없습니다.

어떻게 덜어낼 것이냐,
그것이 관건입니다.

이런 거 말고

하얗게 아무것도 없는 백설기 말여
난 이걸 보면 엄니 생각이 나더라구

땜빵의 추억

그 시절 중학교는 스포츠형 헤어스타일이 교칙이었다. 그런 이유로 국민학교 졸업식이 끝난 후 친구들은 하나둘씩 밤송이가 되었다. 나는 면 소재지의 두 경쟁 이발소 중에서도 요구르트를 주는 곳으로 당당히 들어갔다. 각오했던 일이니 그다지 섭섭하지 않았다. 다만 일을 치른 후 오른쪽 이마 위에 칼에 베인 것 같은 흉터를 발견하게 되었다(나의 시골에서는 땜빵이라고 불렀다). 상상할 수도 없는 일이었다. 얼굴은 못생겨도 머리통만큼은 괜찮으리라 생각했던 나의 기대가 산산이 부서지는 순간이었다. '이제 친구들이 날 땜빵이라고 놀리겠군.' 나는 이발소 아저씨께 맹렬히 항의했다. 단 한 번도 이런 것을 보지 못했으며 머리를 어딘가에 박아본 적도 없다고 거의 울먹이며 책임을 추궁했다. 주인 아저씨는 당황한 표정으로 연거푸 발뺌하다가 결국 사과의 뜻으로 요금 1,500원을 받지 않으셨다. 나는 다시는 이곳을 찾지 않겠다고 다짐했다. 억울했지만 달리 방법이 없었다.

어머니는 나의 머리를 보고 한동안 웃으셨다. 그리고 진실을 들려주셨다. 네 살 무렵 엄마의 치마저고리를 입고 다니다 넘어져 무쇠화로에 머리를 박았다고 한다. 그 날 나는 처음으로 택시를 타보았고 엑스레이도 찍었다고 하셨다. 물론 나는 기억이 없다. 어머니의 말을 듣고 이발소 아저씨께 미안한 마음이 들었다. 하지만 사과를 드렸는지 어쨌는지는 잘 모르겠다. 소심한 성격에 사실대로 고백할 용기가 없었을 것이다. 군대 시절까지만 해도 거울을 보며 땜빵의 추억을 떠올리곤 했는데 근래에는 할 수 없다. 나이가 들어 그 흠집이 이마의 일부가 되어버렸기 때문이다. 아마 이발소 아저씨는 다 알고 계셨을 것이다. 그래도 미안하다 해주시고 돈도 받지 않으셨으니 얼마나 억울하셨을까?

죄송합니다. 사장님
이제야 사과드립니다.

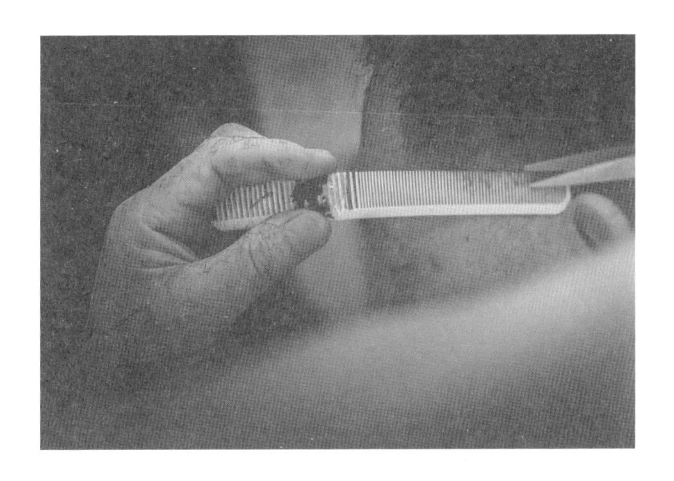

그녀의 취미

누가 그러더라고
치매예방에 좋다고

이게 다 터진 것 같아도
다시 펼쳐 놓고 눌러보면
또 나온다니까 허허

아침 먹고 두 장 터트리면
점심 먹을 시간이야
하루가 아주 잘 가

니들이 홍시 맛을 알어?

이 다 빠지고
틀니 정도는 해야
이 맛을 아는 거야!

세월에 물든

사진을 찍어도 되겠느냐는 나의 부탁에 그는 잠시 나가 있으라고 했다. 나는 구두를 닦으러 온 사람이 아니니 손을 씻어야 한다는 것이었다. 편하게 생각해 달라고 말씀드렸지만 내키지 않는 표정이었다. 나는 알겠다고 말씀드리고 근처 가게로 가 그가 피우는 담배를 한 갑 샀다. 그는 여전히 손을 씻고 있었다. 마디마디에 깊게 스민 세월을 말없이 닦아내고 있었다. 카메라를 든 내가 어떤 사람인지 뭘 하려는 사람인지 묻지 않았다. 그는 그저 자신을 방문한 사람에 대한 예의를 지키려 노력할 뿐이었다. 나는 그와 적지 않은 대화를 나누었다. 하지만 몇 년이 지난 지금까지 머릿속에 남아 있는 것은 이 말뿐이다.

"가게로 들어오는 모습만 봐도 알 수 있지.
구두가 자주 망가지는 사람은 걸음걸이가 잘못된 거야.
구두 탓을 해봐야 소용없어."

그 시절의 맛

우리 고향에서는 전을
'갈랍'이라고 불렀다.
사투리로만 알고 있던 그 단어는
'간납肝納'이라는 한자어에서 유래한
고기전을 뜻하는 말이었다.

그 시절 고기가 흔할 리 없으니
우리가 먹던 갈랍은
고기보다는 채소가 듬뿍 들어간
그저 그런 흔한 전이었다.

명절 전 날
큰댁 마당에 앉아
전을 부치시는 어머니 옆으로 가면
소쿠리에 쌓아둔 전 하나를 입에 넣어주셨다.

방금 부쳐낸 전의 맛이란
여느 다른 맛과 비교할 수 없는 것이었다.
그것은 설빔이나 세뱃돈처럼 설에만 누릴 수 있는
특별한 행복이었다.

지금도 우리 가족은
명절 전 날 갈랍을 부쳐 먹는다.
하지만 늘 그때의 맛을 그리워한다.

어머니께서는 말씀하신다.
아무리 좋은 재료를 넣어 만들어도
그 시절의 맛은 재현할 수 없다고

순댓국 1인분

순댓국 1인분을
포장으로 주문한다.

밥을 조금 더
줄 수 있느냐고 묻는다.

사장님은 검은 봉지에
두 공기의 밥을 넣는다.

'더?'라고 물으신다.

시장이 쉬는 넷째 주 일요일
국밥집 하나는 문을 연다.

반드시 장사를 한다.

맑고 통통했던

기술 과목 선생님은 너무 무서워서
공부라면 쳐다도 안 보는 내 짝꿍도 열심히 했습니다.
하지만 매번 매를 맞습니다.
80점 아래로는 다 매를 맞습니다.

기말고사였을 겁니다.
저는 용기를 내어 짝꿍에게 답을 보여주었습니다.
이번에는 잘 넘어가나 했는데
역시나 매를 맞습니다.

경계성 지능장애였던 내 짝꿍은
자기가 쓰고 싶은 답을 쓰고
제가 보여준 답도 같이 썼습니다.
매우 솔직한 답안이었지만
답이 두 개인 답안을 인정해 주는 경우는
절대 없었습니다.

그 시절 친구의 얼굴은 잘 떠오르지 않습니다.
볼이 통통해서 더운 계절에는
토마토처럼 빨갛게 익었던 것이 기억납니다.
특히 손은 더 통통해서 연필을 쥐면

말랑한 공처럼 보였습니다.
벽에 걸린 맑고 통통한 손을 보고
중학교 시절의 짝꿍을 떠올립니다.

짝꿍은 답이 두 개여도 상관없는 세상을
만났을까요?

수타手打의 끝

기억하지 못하는 것이 있다.
나의 살이 너의 살이었고
우리가 내는 소리의 시작이
하나의 덩어리였다는 것을

뭘까?
소리가 사라지는
수타의 끝은

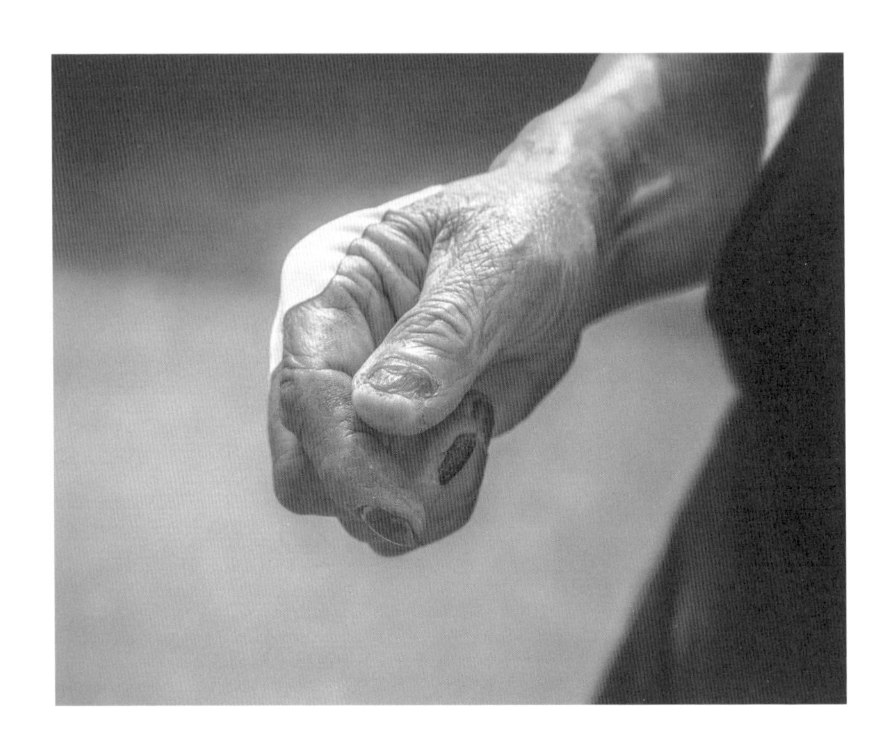

네일 아트

빠진 손톱에는
역시 손녀가 발라주는
빨간 매니큐어가

특효약입니다.

밥 훔쳐 먹는 날

밥을 비빌 때마다 떠오르는 추억이 있다. 보름 전날 밤 친구들과 모여 먹던 시래기 비빔밥이 그것이다. 내 고향에서는 정월 대보름 전날 밤, 밥을 훔쳐 먹는 풍습이 있었다. 훔쳐 먹는다고는 해도 담을 넘는 일은 없었다. '밥 훔쳐 먹는 날'이라는 전통이 사라져가는 추세였기 때문에 과한 장난은 할 수 없었다. 인사를 드리고 밥을 달라고 말씀드리면 웃으며 내어주셨다. "최 씨네 막내아들이여? 많이 컸네. 조심히 다녀." "감사합니다. 아줌니 잘 먹을게요. 안녕히 주무세요." 우리는 가능한 마을의 모든 집을 다녔다. 음식을 얻는 것만큼이나 인사를 드리는 것도 중요한 행사의 일부였다.

다음 날이 대보름이니만큼 밥은 주로 오곡밥이었다. 집집마다 각자의 취향대로 콩이며 팥이며 다양한 잡곡들이 섞여 있었다. 그런데 재밌게도 반찬으로 주시는 것이 하나같이 시래기나물이었다. 이 집도 시래기, 저 집도 시래기, 우리 집도 시래기, 온 마을이 작정이라도 한 듯 시래기나물만 줬다. 그래도 불평할 수는 없었다. 이런 깡촌에서 만들 수 있는 겨울 반찬이라는 게 뻔했다. 시래기도 아무 때나 먹을 수 있는 것이 아니었다. 겨우내 얼었다 풀렸다를 반복하던 무청은 정월 보름이 되어야 부드러워졌다. 그 시절 농촌의 귀한 식재료였다.

우리는 얻어 모은 오곡밥과 시래기나물을 마을 사랑방에 모여 고추장을 넣고 비볐다. 굳이 이름을 붙이자면 대보름 표 오곡 시래기 비빔밥. 우리는 숟가락을 하나씩 들고 며칠을 굶은 아이들처럼 열심히 먹었다. 그러면 친구 어머님이 목멘다며 국물을 가져다주시는데 그 또한 시래기 된장국이었다. "와 또 시래기다!"

시래기 파티가 끝나면 모두 밖으로 나갔다. 하늘엔 휘영청 밝은 달이 떠 있었다. 우리는 미리 만들어놓은 철 깡통에 불이 붙은 숯을 넣고 돌렸다. 쥐불놀이를 위한 연습이었다. 내일 보름달이 떠오르면 하늘 높이 던질 것이다. 그리고 소원을 빌 것이다.

묵은 들깨 말리는 날

울 엄니 손
고소해지겄네

저도 광 팔고 싶습니다

주고받는 것이 동전뿐이지만
표정은 가볍지 않다.
폐지로 하루에 몇 천 원을 버는 분들에겐
절대 푼돈이라 볼 수 없다.

가끔 지폐가 들어오면
슬며시 담요 밑으로 넣는다.
그건 일종의 주문이다.
다시는 밖으로 나오지 말라는

사과는 왜 저기에 있을까?
혹시 돈 대신 사과를 주고 간 분이 있으셨나?
난 다 잃었고, 더 이상 줄 것이 없으니
사과라도 받으시게, 하면서 말이다.

나는 갑자기 광을 팔고 싶어졌다.
이겨도 져도 상관없는 광팔이 말이다.
혹 운이 좋아 광이 들어오면
광값으로 사과를 달라고 해야지

누가 돈을 많이 딸지
아니, 누가 사과를 가져갈지
궁금해졌다.

슬며시 뒤로 숨습니다

험한 일, 궂은 일
마다않던 당신의 손

기다리는 마음 앞에서는
뭐가 그리 수줍은지

어머니의 기도

오늘 우리가 평안한 것은
어제 우리의 어머니가 드렸던
간절한 기도 덕분입니다.

많이 안 주셔도 됩니다

한여름의 장날은 파리마저도 더워서 날지 않았다. 이런 더위라면 사람들이 마트로 가는 것도 어쩔 수 없겠구나. 그런데 저 할머니는 왜 하필 은행을 구워 파실까? 가만히 있어도 땀이 줄줄 나는 이런 날에 말이다. 시장을 몇 바퀴 돌며 구경하는 동안 파시는 모습을 보지 못했다.

"어머니, 차에서 먹게 한 컵만 주세요."

누가 그러던데 은행을 하루에 열 알만 먹으라고, 혼자 먹을 건데 왜 이렇게 많이 주시는 걸까? 굴러떨어지는 것을 알면서도 더 올려놓고, 더 올려놓곤 하셨다. "많이 안 주셔도 됩니다."라는 말은 들은 체도 않으신다. 내 고향 마을은 은행골이라고 불렸다. 몇 백 년 된 커다란 은행나무가 있었기 때문이다. 그래서 은행을 좀 안다. 대단히 독한 녀석이다. 너무 독해서 벌레도 은행은 먹지 않는다. 그걸 하나하나 주워 물로 씻고 껍질을 벗기고 말렸을 것이다.

팔아줘서 고마워…
팔아줘서 고마워…

사는 것을 판다라고 말하는 시골의 어머니가 생각났다. 서울로 돌아오는 차 안에서 한 알씩 입에 넣는다. 열 알도 훌쩍 넘게 먹어버렸다.

괜찮겠지, 은행을 먹다가 죽었다는 뉴스는 지금껏 들어본 적 없으니. 은행알이 아직도 따듯하다. 할머니의 마음이 한 알씩, 한 알씩 내 마음으로 옮겨오는 것 같았다.

씻기는 뭘 씻어?

돼지? 먹어봐!
서울 사람이라고
깨끗한 척은

완두콩 익는 계절

그립습니다.
더듬더듬 엄니 살이 닿아야
다시 잠들던 그 품속
그 아늑한 꼬투리 속이

헤드락

초롱아 참아야 하느니라

사랑은 말야
때론 고통이더라

비 오는 날

많이 울었지 부엌에서
시집 가기 싫다고
그때가 열일곱이었으니까
나메집 가서 살 생각하니
아득하더라고

아부지한테 혼나고
울면서 이 동네로 왔어

그 다음 해
그니까 열여덟에
울 큰 아들 낳았어
그 아들이 몇 해 전에 칠순 잔치를 했다니까!

그런데 나보구 칠십처럼 보인다고?
구십둘이네 이 사람아
나두 호랭이띠여!

썩은 콩 우는 소리

서리 맞고 이제 거둬야지 했는데
며칠 비가 오더라구.

엊그제 김장 마치고 밭에 나오니까
콩대가 벌써 까맣게 변한 거야.

털어보니 성한 것 반, 썩은 것 반이네.
김장하고 힘들어서 좀 누웠더니
이렇게 되고 말았구먼.

꼭 쥐어짜면

짜디짠
한 인생
뚝뚝!

매화차 마시던 날

나는 차茶에 대한 지식이 없는 터라, 펄펄 끓는 물을 붓고 후후 불어 가며 식기를 기다렸다가 먹는 사람이다. 커피든 뭐든 다 그렇다. 그런데 최근에는 조금 색다른 경험을 했다. 끓는 물을 잔에 붓겠다고 테이블로 가져왔는데, 다른 일에 정신이 팔려 깜빡 잊고 있었다. 꽤 시간이 지난 후에야 알아차리고 어쩔 수 없이 식어버린 물을 잔에 붓게 되었다. 그 순간 나는 한 번도 맡아보지 못했던 진한 매화의 향을 느꼈다. 깊고 그윽한 향이었다. 나도 모르게 적당한 온도를 발견한 듯했다. 매화차를 마시며 나는 소소한 상념에 빠졌다. 누구에게나 자신의 진면목을 발현시킬 수 있는 적당함이 존재한다. 우리가 모르고 있을 뿐이다. 매순간 과함과 부족함의 경계를 알아차려야 한다. 그 경계 사이에 적당함이 있다. 매화차를 다 마신 후에도 향은 남아 있었고 마음에도 아직 여운이 남아 있었다.

오늘의 나는 어제의 나보다 과하지 않기를 바란다.
그리고 부디 오늘의 나는 내일의 나보다 부족하기를 바란다.

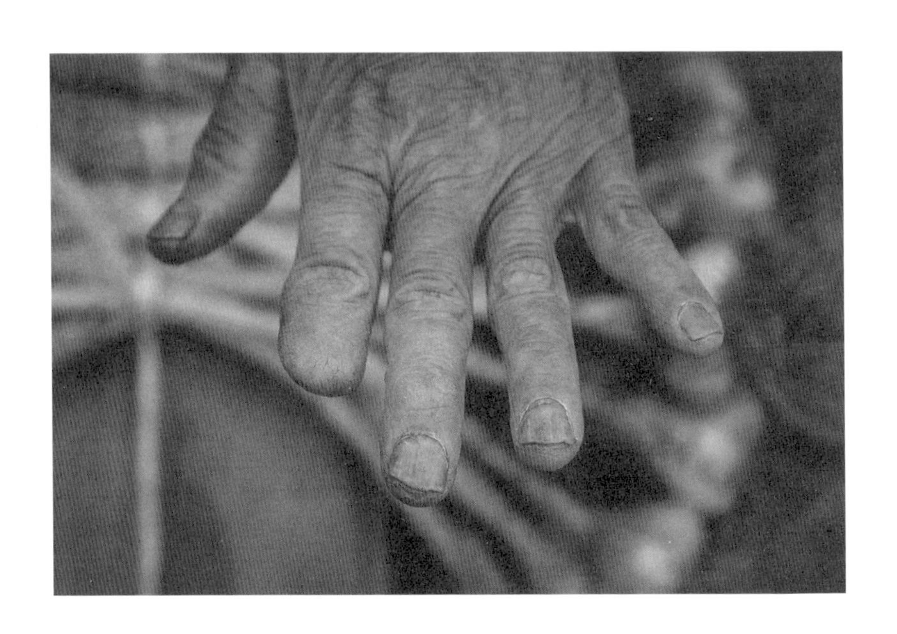

새색시의 고백

시집 와서
처음 해본 작두질에

여물이 아니라
손가락을 자르고

시어머니 눈초리에
아픈 척은 무슨

그 손으로 밥을 하고
얼음 깨서 빨래도 하고

마음 여린 옥천댁은
아직도 무섭습니다.

행여나 그런 세상이
또 올까 봐.

쌀 씻는 소리

파도 소리 같다는 생각입니다.
저는 뭐, 배고픈 갈매기 정도?

눈을 감고 들으니 낮보다는
밤의 해변 같다는 생각입니다.
저는 뭐, 막차를 놓친 관광객 정도?

쏴~ 하고 물 버리는 소리는
해변에 부딪히는 소나기 같다는 생각입니다.
저는 뭐, 우산이 없는 낚시꾼 정도?

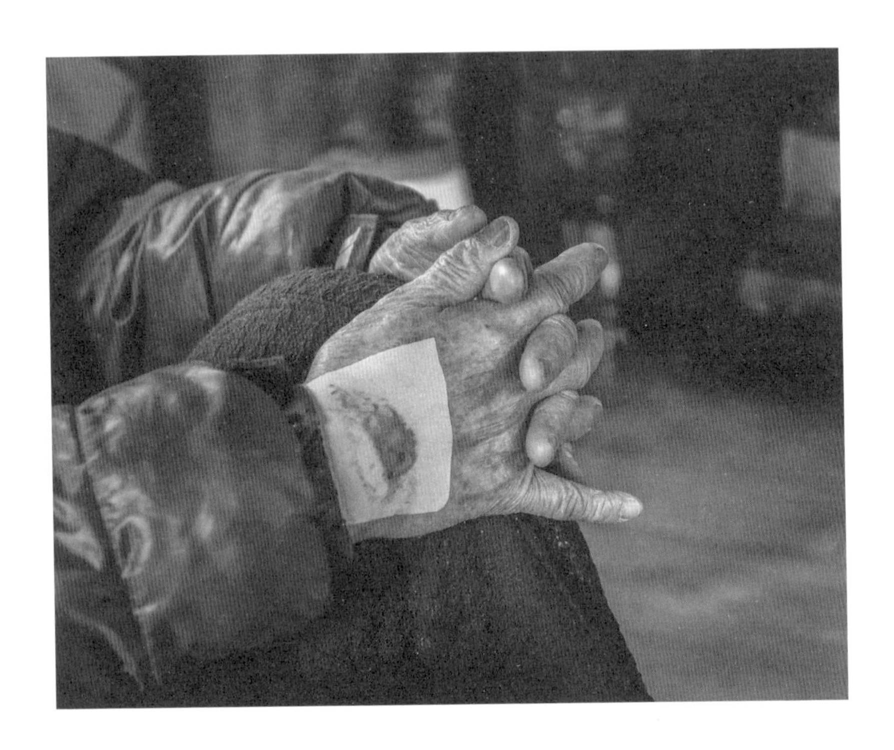

몰라, 어디서 그랬는지

네, 아물겠지요.

상처에 익숙해지면
이유 따위는 관심 없습니다.

상처의 이유는 몰라도
우리는 살아야 하니까요.

어디서 그랬는지
누가 그랬는지
몰라도 괜찮습니다.

의도된 방랑

데자뷔가 아니다.
분명, 왔던 곳이다.

'성서적 내비게이션 효과'라고 해야 할까?
두 갈래의 길이 나오면
나는 여지없이 같은 길을 선택하고 있다.

왜일까?

가고 싶은 데로 실컷 방랑해야지.
그래, 오늘은 다른 길로 가보자.

하지만 결국
나는 또 왔다.

동그랗게 몸을 말고
들깨를 심고 있었던
그녀의 밭으로

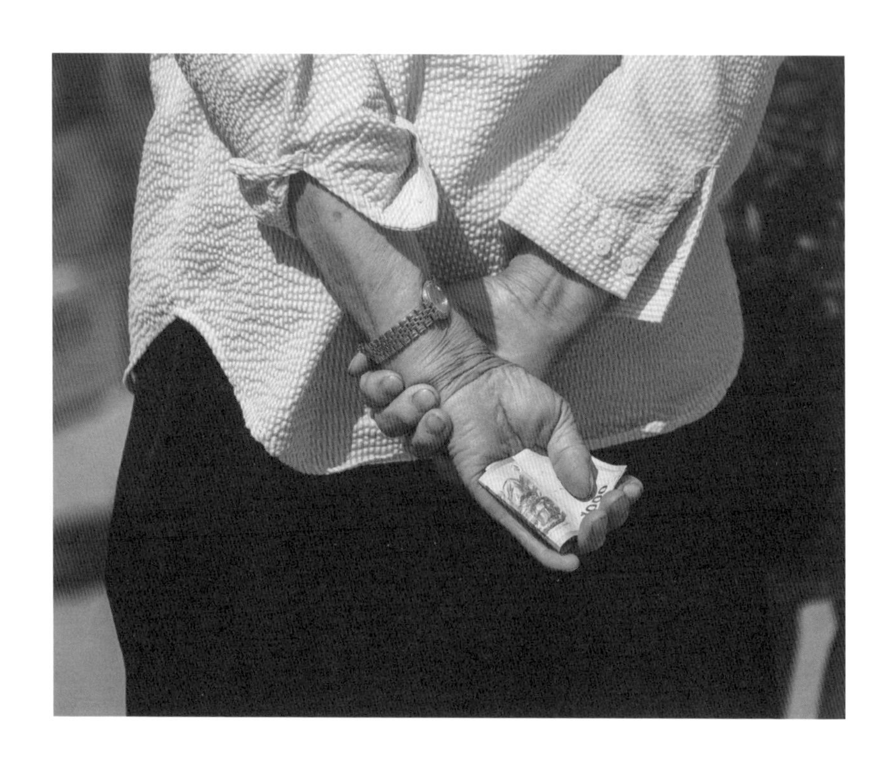

안부

아들!
무슨 용돈을 이렇게 많이 보냈어?

고맙네 울 아들
엄마가 아껴 쓸게

많이 바쁘지?
엄마가 또 전화할 게
밥 잘 챙겨 먹어!

달동네 밤골은 분명 같은 하늘을
이고 사는 서울의 한 동네였다.
처음엔 오래전부터 있던 것들에
대한 밤골의 생경함에 마음이
끌렸으리라. 또한 잊고 지낸 사람살이
냄새와 옛 향수도 느꼈으리라.
그곳의 이웃들이 보여준 따뜻한
시선과 적당한 유머는 꽁꽁
닫힌 우리의 마음을 열어준다.
사진기로 들여다본 괜한 참견이
뜻밖의 위로가 되어 돌아온다.

3부

괜한 참견, 뜻밖의 위로

밤골

밤순이

딸아이는 수년째 토끼를 키우고 있다. 이름은 '사탕'이다. 사탕이는 언제나 뭔가를 먹거나, 먹겠다고 발버둥을 친다. 그렇지 않으면 잔다. 재롱도 없고 이름을 불러도 모른다. 게다가 계속 똥을 싼다. 먹으면서 동시에 싸기도 한다. 세상 모든 걸 동그란 콩자반 같은 걸로 만들 수 있다. 냄새 또한 지독해서 거실에서는 외양간 냄새가 난다. 조금 과장하자면 소 대여섯 마리가 내는 냄새와 거의 비슷하다. 그렇지만 나는 토끼를 싫어한다고 생각하지 않는다. 그저 토끼와 함께 사는 게 싫을 뿐이다. 어디든 자기가 좋아하는 산이나 풀밭으로 가서 펄쩍 거리며 살기를 바란다. 물론 딸아이의 생각은 다르지만…

몇 해 전, 나는 고양이 한 마리 때문에 고민을 한 적이 있다. 밤골상회에서 키우던 밤순이라는 녀석인데, 주인이 버리고 갔다. 주인의 사정도 짐작은 간다. 자식 집으로 들어가 신세를 지는 마당에 키우던 고양이까지 데려갈 수는 없었을 것이다. 밤골이 철거되면서 애꿎은 밤순이만 처량한 신세가 되었다. 아주머니는 나에게 키워볼 생각이 있느냐고 물었다. 집에서 반대할 것 같지만, 한번 말해보겠다고 말씀드렸다. 예상대로였다. 사탕이가 겁을 먹을 게 분명하다는 것이었다. 나도 사실 엄두가 나지 않았다. 토끼와 고양이가 함께 있는 거실을 상상하고 싶지 않았다.

밤골상회
824-6153

그 후로 밤순이를 보면 왠지 죄책감이 들었다. 그래서 홀로된 밤순이를 위해 평소보다 더 자주 밤골을 찾았다. 사료만큼이나 깨끗한 물이 중요하다고 해서 물그릇도 놓아주었다. 그런데 누군가 물그릇을 계속 치운다. 도대체 어떤 사람이 고양이 물그릇을 훔쳐 가는지 CCTV라도 설치하고 싶었다. 갈 때마다 볼 수는 없었지만 밤순이는 밤골상회 주변에서 만날 수 있었다. 사료도 꾸준히 먹고 있었다. 하지만 몇 달이 지난 후, 밤순이는 사라졌다. 근처를 돌아다니며 이름을 불러도 모습을 드러내지 않았다. 불행한 장면을 떠올리기 싫어서 여러 가지 상상을 했다. '혹시 주인이 데려갔나?' 주인아주머니는 후회로 고통스러운 나날을 보냈을지도 모른다. 밤순이가 꿈속에서 '야옹~야옹~' 거리며 잠을 못 자게 했을 수도 있다. 아니면 평소에 흠모하던 수고양이를 만나 살림을 차렸는지도 모른다. 그동안 주인이 있어서 접근을 못했던 수놈 고양이들이 기회다 싶어 프러포즈를 했을 수도 있다. 이도저도 아니라면, 드디어 자유의 몸이 된 것을 알고 훨훨 날아 밤골을 내려갔을 수도 있다. 그렇지만 어떤 상상으로든 나의 죄책감은 다 씻기지 않았다. 그러다 몇 주 후, 밤순이 소식을 들을 수 있었다. 아랫마을에 고양이를 여러 마리 키우는 분이 있는데, 그분이 밤순이를 데려갔단다. 순순히 잘 따라갔다고 한다. 사람을 따르는 녀석이니 그럴 수 있다. 그래, 친구들도 좀 사귀고 잘 된 일이다. 표정도 없고 먹기만 하는 토끼랑 사는 것보다 훨씬 잘 된 일이다. 마음이 한결 가벼워졌다.

밤골에는 밤순이 말고도 수많은 고양이들이 있었다. 주인도 이름도 없었다. 녀석들이 어디로 갔는지 조금 걱정이 된다. 하지만 내 생각에 길고양이들은 미련 없이 떠났을 것이다. 그리고 어딘가에서 비슷하게 살고 있을 것이다. 적어도 밤순이처럼 주인에게 버림받았다는 상실감은 없을 것이다. 나는 가끔 의문이 든다. 우리가 동물에게 먹이를 주고 의지하게 만드는 것이 옳은 일인지, 그럴 만한 자격이 있는지 말이다.

작은 별에 사는 어린왕자는 이런 말을 했다. "누군가에게 길들여진다는 것은 눈물을 흘릴 일이 생길 수도 있다는 거야." 우리는 우리가 길들인 것에 대해 책임을 져야 한다. 그럴 수 없다면 길들이지 말아야 한다. 나는 바란다. 우리가 반려동물의 슬픔을 책임질 만큼 성숙한 존재이기를…

청구로22길
2233-2246

줄 하나

외롭다고
말하기 싫어

빈 하늘에
줄 하나 그었다.

밤골, 경봉 씨

매우 친절하지만 한 발짝 다가가면 몇 걸음 물러섰기 때문에 쉽게 친해질 수 없는 경봉 씨였다. 오늘도 택시를 타고 가겠다는 그의 주장과 직접 차로 데려다주겠다는 나의 주장으로 한동안 실랑이를 벌였다. 순희 할머니께서는 밤골상회 구석으로 날 불러놓고 꼭 차로 태워다 주라고 하셨다. 오늘 들고 갈 반찬이 무거운데 분명 택시비 아낀다고 걸어갈 게 뻔하다며 여러 번 부탁하셨다. 경봉 씨의 완강한 거부에 포기하고 내려왔지만 할머니께 죄송하기도 하고, 경봉 씨가 아직은 날 경계하는 마음이 느껴져 섭섭했다.

경봉 씨는 순희 할머니 집에서 어머니와 세를 살던 사람이었다. 셋집이라고는 해도 바로 옆방이기 때문에 가족이나 다름없었다. 경봉 씨는 유일한 가족이었던 어머니가 돌아가신 후 밤골을 떠났다고 한다. 할머니는 지금도 선명하게 기억하신다. 어미 죽었던 방에 들어가지 못해 몇 날 밤을 계단에서 잠들었던 경봉 씨의 모습을.

경봉 씨는 돈이 생기면 곧장 밤골로 온다. 그리고 할머니 드릴 박카스 한 상자와 본인이 좋아하는 막걸리 한 병을 산다. 얼큰하게 취하면 노래를 부른다. 차고 있던 시계를 풀어들고 멋들어지게 부른다. 나훈아의 〈고장난 시계〉라는 노래다.

한두 번 사랑 땜에
울고 났더니
저만큼 가버린 세월
고장 난 벽시계는 멈추었는데
저 세월은 고장도 없네

그는 어제 집에 돌아가지 못했다.
막걸리에 취해 계단에서 잠들었다.
하지만 슬프지 않다.

그에게 밤골은 춥지 않다.
어머니와 살던 밤골이라면
그곳이 어디든 포근한 어머니의 품이다.

생이별

떨어지기 싫은 거다.
하얗게 질리도록
푸석푸석 갈라지도록…
다 주었던 서로였으니까.

추억 소환

오래된 사진들이 제대로 익었다.
늙은 김장독 묵은 배추 포기처럼
맑고 투명해졌다.

바라만 봐도
아릿한 미소가 절로 난다.

낮은 지붕

너 주려고
이 누덕누덕한 지붕이
온종일 품은 햇볕이
느껴지니?

할머니 자장면 불어요!

순희 할머니는 이가 없었다. 평소 식사도 우유와 바나나를 믹서로 갈아드신다. 씹지 않는 생활을 하고 계신다. 때문에 음료수나 아이스크림 말고는 사드릴 만한 것이 없었다. 그나마 면 종류의 음식은 조금 드시는 편이라 초소에서 자장면을 배달해 먹곤 했다. 중국집은 오로지 다성반점이어야 했다. 왜냐하면 할머니께서 다성반점 스티커를 모으셨기 때문이다. 이 스티커는 할머니 혼자서 모으는 것이 아니다. 초소를 들락거리는 사람들이 공동으로 모았다. 그래서 포도알 스티커를 다 모았더라도 누가 혼자서 사용할 수 없다. 다들 연락을 해서 파티를 열어야 한다. 탕수육 파티는 자주 열리는 행사가 아니어서 매우 귀했다. 처음 보는 주민들도 더러 만날 수 있었다.

보너스 탕수육을 먹는 날은 사람들이 모여 초소가 시끌벅적해진다. 술을 주고받으며 노래도 부른다. 할머니는 초소가 사람들로 가득한 것이 좋았다. 밤골에 사람들이 많이 살던 시절에는 하루가 멀다 하고 초소에서 노랫소리가 들렸다고 한다. 지나가던 사람들이 그 소리를 듣고 들어와 어울리고, 그럼 또 음식을 내오고 하는 잔칫날 같은 일상이 특별한 이유가 없어도 자연스럽게 이어졌던 것이다.

저 탱글탱글한 포도송이 중에는 내가 채운 것도 많았다. 하지만 아쉽게도 서비스 탕수육은 먹어보지 못했다. 소식을 듣고 달려가면 언제나 탕수육은 사라지고 없었다. 다들 술에 취해 노래만 부르고 있었다.

그래도 좋았다. 나도 할머니처럼 초소에 사람들이 많이 모이는 것이 좋았다. 행복한 밤골의 모습을 사진으로 남기고 싶었다.

집에서 자장면을 주문하려고 휴대폰을 검색하면, 다성반점의 전화번호가 나온다. 볼 때마다 추억이 떠올라 지우지 않고 있다.

서울 샥시

21살 꽃띠에게 30살 아저씨는
중늙은이 같았지요.

청바지에 가죽 잠바
뒤태는 왜 그리도 멋지던지
데이트를 거절할 수 없었답니다.

중매가 뭔가요?
나는 그 시절에도 사랑만 보고 결혼한
서울 샥시였습니다.

고물

어제 국 끓여 먹던 양은 냄비가
오늘은 고물이 되어 팔려 갑니다.

창틀에 올려놓은 소주 반 병도
곧 고물이 되어 언덕을 내려가겠지요.

그 전에 마셔버려야겠습니다.
그래서 오늘도 한잔해야 합니다.

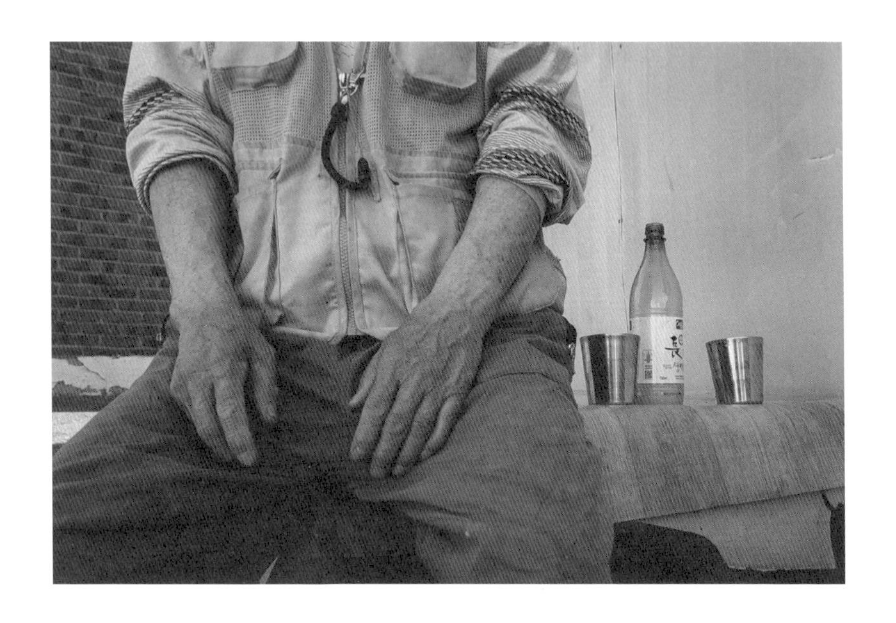

어떤 넋두리

딱 3년만 살자고 올라와서
45년을 살아버렸네.

이 마을에서 나고 자란 자식들은
고향이 없어진다며 섭섭해하더라고.
하긴 나한테도 고향이지 뭐
여기보다 오래 산 곳이 없어.
겨울이면 연탄도 공짜로 주고
고마웠지.

그냥 이렇게 살다가 죽었으면 했는데
어디로 가야 할지
세상 참 맘대로 안 되네.

가위바위보

자, 할머니 지셨죠?
부채질 열 번 해주세요!

나는 이게 편해

이 무릎은
하나님이 기도하라고 주신거야.

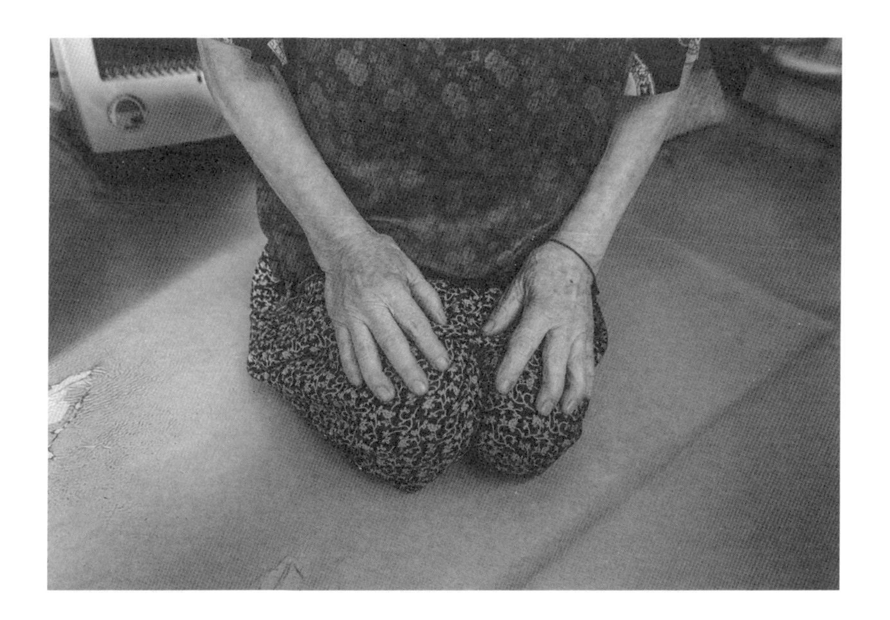

저요! 저요!

저요!
저도 있어요.

꺼진 가로등과
연탄보일러 굴뚝
그리고 저랑 화장실 환풍기가
사이좋게 있었습니다.

답은 몰라도
나 좀 봐 달라고
저요! 저요! 외치는
어린아이처럼

빨간 조끼

나는 김 씨 아저씨가 빨간 조끼를 입고 있는 것을 본 기억이 없다. 빨간 조끼는커녕 붉은 계통의 옷을 입은 모습도 보지 못했다. 주변 사람들에게 물어보니 몇 해 전까지만 해도 사시사철 빨간 조끼만 입고 다녔기 때문에 그렇게 불렀다고 했다. 몇 해 전이라면 내가 이 마을을 자주 들락거렸을 텐데 왜 못 봤을까? 혹시라도 우연히 찍힌 사진이 있나 컴퓨터를 뒤져보았다.

있었다. 어느 더운 여름날 빨간 조끼에 빨간 수건까지 목에 두르고 땀을 닦고 있는 김 씨 아저씨의 사진이 있었다. 당시 내가 어르신이라고 부르자 나이 든 사람 취급한다며 형님으로 부르라고 했던 것까지 기억났다. 그런데 왜 빨간 조끼였을까?

며칠 후 김 씨 아저씨를 다시 만났을 때 나는 카메라에 찍힌 빨간 조끼 사진이 있다고 말씀드렸다. 말없이 웃으셨다. 요즘은 왜 안 입으시냐고 여쭤봤다. 의외의 대답이었다. 이제는 그 일을 그만두었다고 한다. 그 일? 그랬다. 빨간 조끼는 김 씨 아저씨가 재활용품을 모을 때만 입던 나름의 근무복이었다. 더워도 입고 추워도 입었던, 그래서 이름 대신 빨간 조끼로 불렸을 만큼 열심히 살던 그의 흔적이었다.

"왜 그만두셨어요?"
"은퇴했지. 나라에서 돈이 나오니 아껴 쓰면 충분해."

쌀과 반찬은 다니는 교회에서 준다고 했다. 겨울에는 구청에서 연탄도 주어 걱정이 없다고 했다.

"그래서 빨간 조끼는 이제 버리셨어요?"

"버리긴, 아직도 거실에 잘 걸려 있지."

그 말씀을 듣는 순간 나는 어이없게도 은퇴한 슈퍼맨을 상상했다. 거실에 걸어 놓은 쫄쫄이 슈트를 바라보며 할아버지 슈퍼맨이 이렇게 말하는 것이다. "초능력을 발휘할 때는 꼭 입어야 했던 너, 그래 수고했다. 그래 고마웠다."

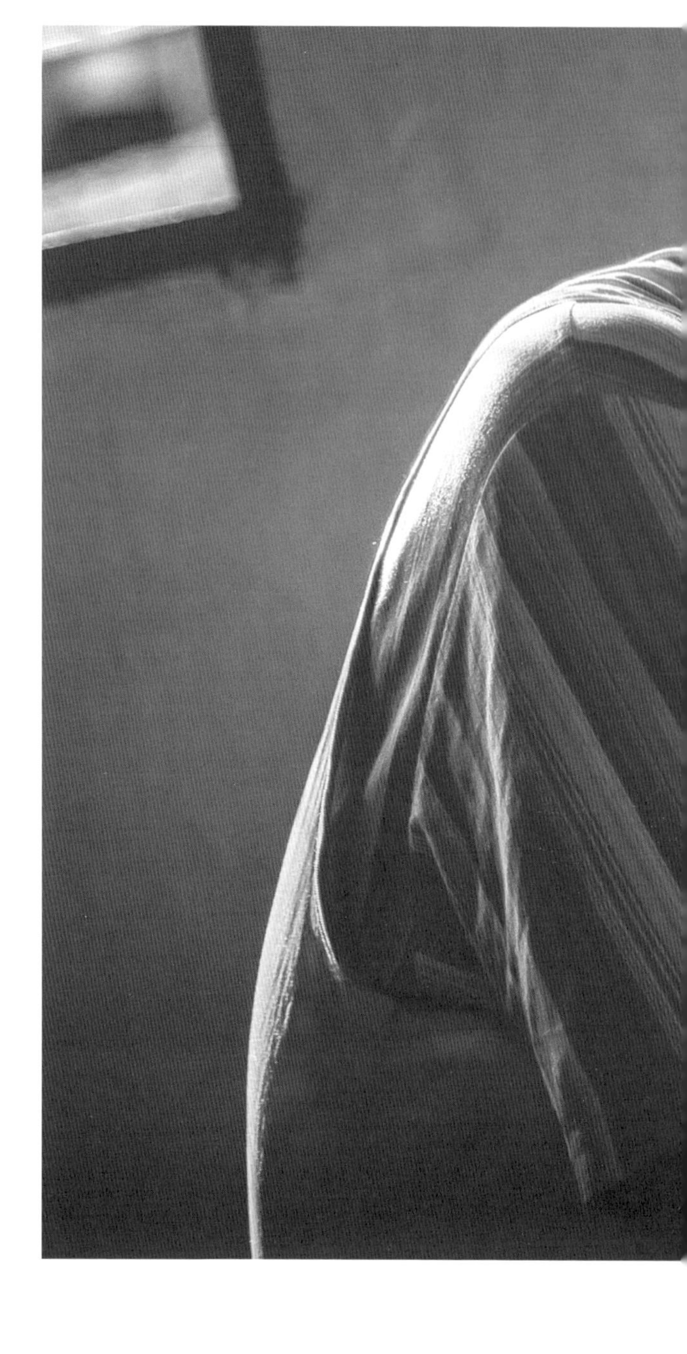

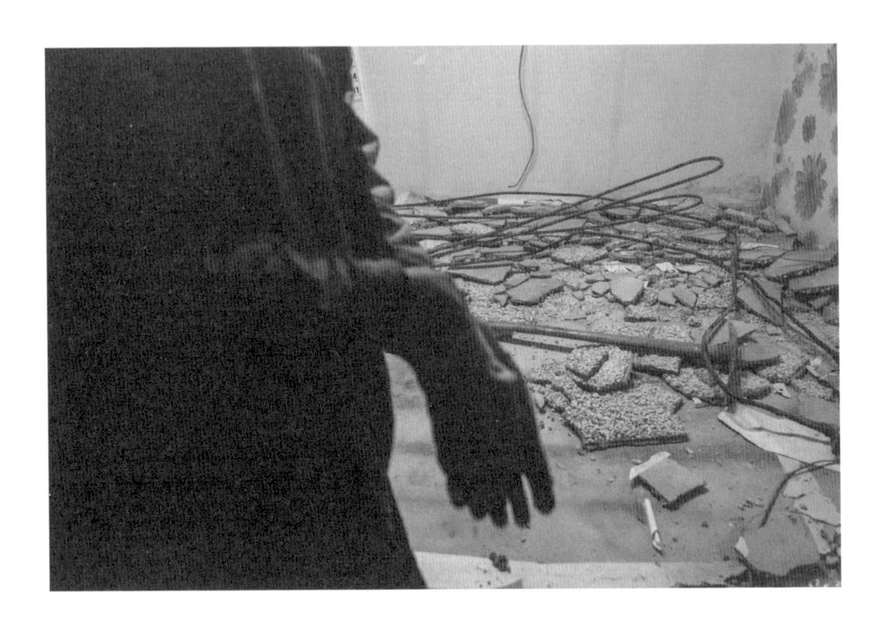

구들장 깨는 날

나는 평생 보일러로 먹고 살았어
그래서 우리 집만큼은 제대로 깐 거야
상동上銅으로 말이야

자네는 모를 건데
동파이프 중에서도 이게 제일이야

이 동네에 이거 깐 집 없을걸?
이 집 보상금에 파이프 값은 없어
고물로 팔아도 이게 얼만데

취중에만 들을 수 있다는 그의 과거

그 냥반 참 말술이네
따라가다 기억상실증 걸리겠네
술 먹고 배운 영어라 취하면 영어가 나온다고
술도 약하고 영어도 약하니 남는 건 숙취뿐

하나면 된다고

다들 모여 계실 줄은 몰랐습니다.
결국 할머니 손엔 달랑 하나

하나면 된다고
이것도 많다고

쓸쓸한 호기심

그나저나 아주머니,
그 스케치북은 얼마나 받을까요?

세입자

좁아터진 집이라도
어미 있는 곳이라고
이제 막 돌 지난 아이를 업고 딸이 왔다.
밤낮없이 우는 아이는 세입자가 뭔지 모른다.
왜 수돗물 틀어놓고
물놀이하면 안 되는지도 모른다.

전세금을 줘야 이주비가 나온다더라
내 이주비가 나오면 보태서 전세금을 주겠노라
세입자와 집주인은 마지막 날까지
세입자와 집주인이었다.

속이 타는 어느 밤
술에 취해 비틀거리다 스티로폼 텃밭에 쓰러졌다.

약속한 집주인은
사람이 성한지 묻는 대신
열무 화분 깨진 것만 나무란다.

네 심정 안다

창문이 늙으면
주인을 이긴다.

싫다고
삐걱삐걱
소리도 지른다.

그럴 땐 두 팔로 안고
어르고 달랜다.

괜찮다, 나도 가끔은
열리기도 싫고 닫히기도 싫더라.
그래 네 심정 안다.

막걸리 찬가

반 통 마시면 약이여
한 통 다 먹으면 밥이고

소주 한 병

만사가 귀찮고 다 싫어지면
소주 한 병을 창틀에 올려놔
그리고 혼잣말을 해

지금 해야 할 것을 하고
저 소주 한 병을 딱 먹자
그다음엔 뭐 죽든지 말든지

그러고 나면 하기 싫던 빨래도
쌓여 있던 설거지도 하게 되더라
그 소주 한 병 마시려고

웃기지?
술 먹을라고 사는 놈 같고

명선네 이야기

밤골을 떠나는 사람들 중에는 이사라기보다는 탈출에 가까운 모습이 더러 있다. 그런 경우는 거의 모든 걸 놓고 떠난다. 그걸 일일이 모아 재활용으로 판매하는 명선네는 하루에도 몇 번씩 상도역과 밤골을 오르내리며 분주하게 움직인다. 그래서 명선네는 보통 길에서 마주친다. 언젠가는 거대한 옷더미 앞에 주저앉아 이러지도 저러지도 못하고 있었다. 브레이크도 없는 카트를 끌고 밤골의 비탈을 내려가다가는 큰 사고가 날지도 모른다. 나눠서 옮기려니 시간이 너무 늦었고 한 번에 옮기자니 엄두가 안 나는 상황이었다. 어쩔 수 없이 아스팔트에 앉아 쉬게 된 아주머니와 나는 박카스를 한 병씩 나눠먹으며 이 막막한 사태에 대하여 이야기했다. 먼저 카트를 내가 끌어보겠다는 제안은 분명히 거절했다. 나의 팔뚝이나 다리 굵기가 영 미덥지 않은 것 같았다(그러다 다치면 큰일이라는 것이다). 어쩔 수 없이 그냥 놓고 내려가야겠지만 누가 가져갈까 봐 걱정이 된단다(철거로 이주 중이었던 당시 밤골에는 쓰레기를 수거하는 트럭이 하루에도 몇 번씩 다녀갔다). 그 이후에 다양한 아이디어가 오고 갔는데, 남은 옷을 숨겨 놓자느니 내가 여러 벌을 입고 내려가 보겠다느니 밤골상회 앞에 빨래처럼 널어놓으면 설마 누가 집어가겠냐느니 심지어 똘똘 말아 공처럼 만들어서 굴려보자느니 헛소리에 가까운 나의 제안으로 아주머니와 나는 한바탕 신나게 웃을 수 있었다. 하지만 그렇게 웃고 난 후에도 여전히 옷은 산더미처럼 쌓여 있었고 날은 서서히 저물어갔다. 다행히도 지나던 윤 씨 할머니께서 이 사태를 해결해 주셨다. 남은 옷을 초소에 넣어놓으라고 하셨다. 그리고 언제든 편한 시간에 와서 옮겨가면 된다고 말씀하셨다. 우리는 말씀처럼 초소 한구석에 옷을 쌓아놓고 밤골을 내려갔다. 나만큼이나 명선네도 흡족한 표정이었다.

그해 가을, 밤골은 사라졌고 이제 더 이상 명선네의 카트를 볼 수 없다. 나는 길을 가다 폐지를 옮기는 카트를 보면 명선네 생각이 난다. 언제나 부지런히 줍고 옮기던 명선네가 말이다.

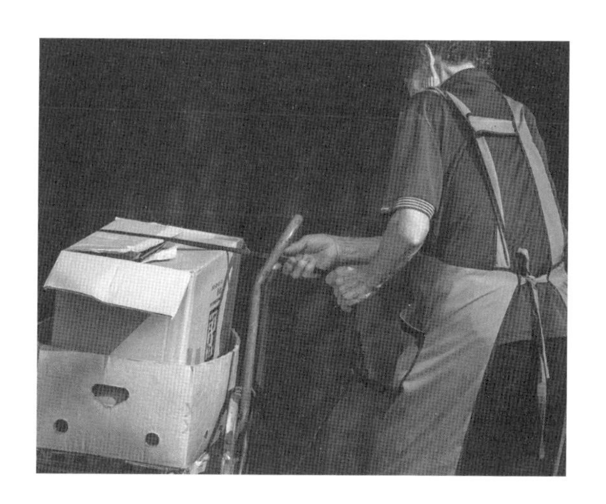

그물에 매달려

방충망에 붙은
모든 살아 있는 것들은
공상하게 된다.

저 너머가
바라던 세상이지 않을까?

나도 내가 짜놓은
기억의 그물에 매달려
하염없이 바라본다.

아! 그때가
나의 피안彼岸이었구나
돌아갈 수 없는 그때가

남겨진 중독

저 하얀 봉투에 뭐가 있냐고요?
내일 할머님들 드릴 박카스입니다.
퇴근할 때 한 상자씩 사오신다고 합니다.
밤골의 유일한 가게가 사라졌거든요.
밤골상회는 우리에게 밤순이와 카페인 중독을 남기고 갔습니다.

웃어라 아가야

밤골에서는 아가야
네가 봄이란다.

네가 활짝 웃으면
꽃이 피는 거야

소원을 풀다

유모차는 땅이 지겨웠다
말년에 주인이 없어지자
지붕에 올라가 놀았다

냉장고는 부엌이 지겨웠다
말년에 주인이 떠나자
길바닥에 나와 놀았다

연탄재는 차가운 보일러실이 지겨웠다
말년에 주인이 사라지자
안방에 들어가 놀았다

가로등은 버티고 서 있기가 지겨웠다
말년에 걷는 이가 뜸해지자
다소곳이 누워 쉬었다

안방과 거실에 비가 내렸다
비 맞는 마당을 부러워하더니
소원을 풀었다

월드콘 먹던 날

메로나는 광팬들이 따로 있었다.
밤골상회에서 고스톱을 치는 분들은 주로 메로나였다.
돈을 다 잃고 쓸쓸하게 내려가는 아랫말의 아주머니도
손에는 메로나가 있었다.

누가바는 주로 내가 샀다.
초소에 사람들이 많이 모여 있을 때 생색내기 좋았다.
박카스보다 훨씬 효과적이다.

돼지바는 쉽게 물러버려서 많이 들여오지 않았다.
보이면 왠지 반가워서 사 먹었다.
"아 오늘은 운이 좋군. 돼지바를 먹다니."

월드콘은 할머니와 둘이 있을 때만 샀다.
둘이 먹는 날에는 사치를 좀 부려도 될 것 같았다.

지독하게 싫어하는 스크류바나 죠스바도 있었다.
혓바닥 착색형 아이스크림이라니 납득이 안 가는 종자들이다.

우리의 그저 그런 여름날을 달달하게 만들어주던 녀석들
조금 더 적극적으로 먹어줄걸…
아쉽게도 유통기한이 그해 여름까지였다.

파란 벌판

저 파란 천막 걷어내고
코스모스 씨앗을 뿌렸으면 좋겠습니다.

그럼 그 옛날 허름했던 밤골이 꽃동산이 되었다며
다시 사람들이 찾아올 텐데요.

길에서 우연히 만난 이웃들을
통해 '살아가고 있어요'라는 말이
'사랑하고 있어요'라는 말임을 알 수
있다. 사는 게 뭐 대수고 별건가?
제 자리에서 묵묵히 힘껏 살다 보면,
저마다의 삶의 나름의 역사로 남게
마련이다. 길 위에는 오래전부터
그 자리에 있던 것들로 가득하다.
다행이다. 진실은 변함이 없는데,
결국 시간만 앞서가더라.

4부

고마워요,

당신을 만날 수 있어서

길 위에서

설마 그거 던질 거 아니지?

우리들의 눈싸움은
대략 이런 순서였습니다.

1. 눈만 모아 던지기
2. 눈 뭉치를 얼려 던지기(물에 적시면 됩니다.)
3. 가끔 얼음만 던지기
4. 눈에 돌 넣어 던지기
5. 가끔 돌만 던지기

눈싸움에 흥미를 잃으면
다 같이 눈을 굴려 눈사람을 만듭니다.
얼음판에 눈이 다 사라지면 집으로 갑니다.
내일 또 놀자고 인사를 합니다.

아! 펑펑 내리는 눈 맞고 싶네요.
친구가 던지는 눈 뭉치도 맞고 싶고요.
물론 돌은 잘 피해야겠지요?

눈사람에게

네 눈은 특별히 홍화꽃 말린 것으로 했어.
할머니가 올봄에 골다공증에 좋다고 심으셨던 거란다.
너야 물론 뼈는 없지만 다이어트에도 좋다고 하니 참고하고
방금 내린 눈이라 안 뭉쳐지는 것을
체온으로 녹여 겨우 만든 거야. 고맙지?
얼굴 돌려 깎기 여러 번 하다가 얼굴이 없어져서
머리만 몇 개를 만든 건지 중간에 포기할 뻔했단다.
눈사람 중에서도 가장 유명한 〈겨울 왕국〉의 울라프님은
이런 말씀을 하셨어.

"친구를 위해서라면 녹아도 괜찮아."

멋있는 말이지 않니?
나도 누군가의 마음을 녹여줄 수 있는 사람이었으면 좋겠어.
할 수만 있다면 내 마음을 녹여서라도 말이야.

내 생각인데 네가 녹은 자리엔 분명 홍화꽃이 필 거란다.
어때? 생각만으로도 근사하지 않니?

땡 해주세요!

소녀의 얼음땡 놀이에
사진 찍는 아저씨의 마음이 녹습니다.

가서 '땡' 하고 풀어줘야 하는데
저 미소가 너무 좋아서 망설입니다.

걱정 말아요

이 세상에
완벽히 버려진 외로움이란
존재할 수 없습니다.

마이마이

당시 형은 고등학생이었다. 우리 집 형편에 쓰고 남을 만큼 용돈을 줬을 리도 없었을 텐데, 철없는 동생이 휴대용 카세트를 갖고 싶다는 말을 형이 엿들은 모양이었다. 어느 주말에 내려와 슬며시 내 책상에 놓고 갔다. 빨간색 마이마이였고 버튼은 반짝거리는 은색이었다. 그 시절에 내가 가졌던 물건들 중 가장 사치스러운 것이었다. 라디오도 없는 동네 친구들로부터 엄청난 부러움을 샀다. 도시에서 자취하며 학교에 다니던 형이 동생 카세트를 사주겠다고 용돈을 아꼈을 거라는 생각은 먼 훗날에서야 하게 되었다. 마음이 찡해졌다.

나는 이 멋들어진 빨간 마이마이를 들고 다니며 이문세의 노래를 들었다. 라디오 방송을 녹음한 테이프였기에 노래 중간에 디제이의 음성도 들렸던 것 같다. 하지만 애지중지 보물처럼 다뤘던 마이마이는 아쉽게도 수명이 길지 못했다. 결정적으로 노래가 느리게 나왔다. 이문세 아저씨가 술 한잔 걸치고 천천히 부르는 것 같았다. 그런데 신기하게도 앞으로 빨리감기 버튼을 살짝 누르고 있으면 원곡처럼 들리기도 했다. 그래서 고무줄로 버튼을 묶어보기도 하고 검은색 테이프를 감아보기도 했지만 결국 실패했다. 정상적인 음악을 듣고 싶다면 반드시 앞으로 빨리감기 버튼을 미세하게 누르고 있어야만 했다. 자칫 방심해서 조금만 세게 누르다간 어떤 슬픈 노래도 코믹하게 들리기 때문에 조심, 또 조심해야 했다. 잠들 때면 나도 노래도 같이 늘어지며 어둠 속으로 스며들어갔다.

배터리를 아끼겠다고 카세트 테이프를 볼펜에 끼워 뱅글뱅글 돌리던 기억이 난다. 얼마큼 감아야 내가 듣고 싶은 〈가로수 그늘 아래 서면〉이 나올지 감으로 알았다.

수줍음이 많아 표현은 잘 못했어도, 하나밖에 없는 동생 아껴주던 그때의 우리 엉아가 보고 싶다.

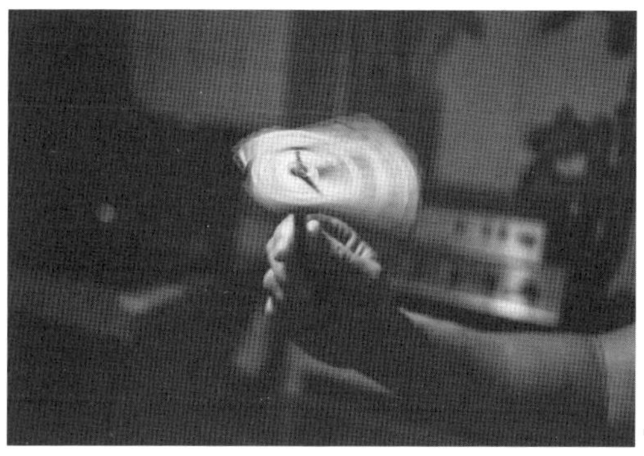

그 시절의 여름

은냇가, 금냇가라고 불렀다.
누가 그리도 예쁜 이름을 지어주었을까?

미루나무 둑방길을 달려가
고구마 밭을 가로지르면
숲속에서 우릴 기다리던 맑은 냇가

먼저 온 아이들의 웃음소리가
조금씩 들려오기 시작하면
나의 마음도 조급해졌다.

도랑을 펄쩍펄쩍 달리며 미리 옷을 벗었다.
새까맣게 그을린 얼굴로 날 부르던 친구들

그 시절의 여름
그립다.

노약자석 앞에서

"저희가 알아서 하니까요. 아버님은 휴게실에서 커피라도 드시면서 쉬세요."라고 타이어 가게 종업원이 말했다. 당시 내 나이 마흔이었다. 몇 달 전까지만 해도 삼십 대였던 나에게 아버님이라니? 내가 무슨 열댓 살에 결혼한 것도 아니고 당신처럼 늙은 청년이, 아버님? 물론 더운 여름이었고 고된 촬영이었기 때문에 몰골이 초췌할 수는 있다. 그래도 그렇지, 휴게실에 앉아 담담하게 거울을 봤다. 입이 돌출이라 일찌감치 팔자 주름이 생겼고 이마는 필요 이상으로 넓다. 그래 늙었구나. 나는 어찌할 수 없는 것에 쉽게 포기하는 경향이 있다. 커피를 한 잔하면서 반성을 했다. 아무리 혼자 다니는 촬영이라도 되도록 깔끔하게 다니자. 면도도 하고 무릎 나온 바지는 버리고, 이발도 좀 자주 하자. 이런 생각을 하면서 반성하는 순간에도 그 늙은 청년은 나에게 '아버님, 거의 다 했으니 조금만 기다려 주세요' 라든가, '아버님, 이 쿠폰은 전국에 있는 모든 체인점에서 어쩌고저쩌고' 하며 계속해서 나를 송곳으로 찔러댔다. 청년은 마지막까지 '아버님, 문제가 생기면 꼭 다시 방문해주세요.'라고 말하며 나를 배웅했다.

시골의 어르신들께 호감을 얻는 가장 빠르고 정확한 방법은 나이보다 젊어 보인다고 말씀드리는 것이다. 딱 보기에도 여든이 넘은 할머니께 "칠순 잔치는 언제 하세요?" 정도로 말을 건네면 이내 활짝 웃으시며 이야기를 풀어주신다. 서산에서는 할머님께 육십 대 초반 같다고 말씀드리니 젊게 봐줘서 고맙다며 나에게 오십처럼 보인다고 덕

담(?)해 주셨다. 아직 사십 대 초반이라고 말씀드리자 그럴 리 없다는 모호한 표정으로 바라보셨다.

요즘에는 처음 만나는 사람과 이야기를 하다가 나이 이야기가 나오면 이렇게 말한다. "제가 보기보다는 나이가 어립니다. 편하게 대해 주세요." 하지만 쉽게 나에게 말을 놓지는 못한다. 장점이라면 장점이다. 얼마 전에는 피곤한 귀갓길에 이런 생각을 했다. '나도 노약자석을 이용할 수 있지 않을까? 도전해 볼까?'

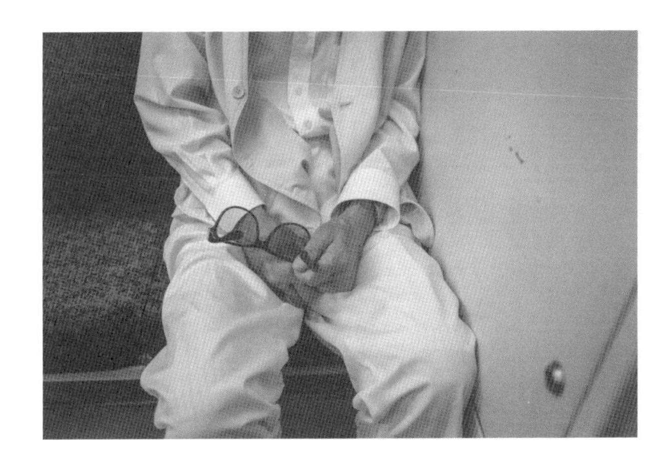

서울 촌놈

약속이라도 한 듯이 상인들은
점심 식사로 팥죽을 먹습니다.

어쩔 수 없네요.
팥죽인지, 팥칼국수인지
저도 먹는 수밖에요.

그런데요, 아주머니
꼭 설탕을 넣어야 하나요?
크게 세 숟갈이나 넣어야 한다고요?

순천에 왔으니 순천식으로 먹어야 한답니다.
한 숟갈, 두 숟갈, 설탕을 넣습니다.
그리고 걱정합니다.

이건 설탕죽인데…
의심스러운 서울 촌놈은
망설이다 한 입 떠 봅니다.

아… 이럴 수가
이거였구나!

처음
처럼

그래, 나도 기를 쓰며 산다

환풍기 구멍으로
웬 거렁뱅이 들어와
생닭을 훔쳐가더라

참, 기가차고 신기해서
CCTV를 보고 또 봤다

그래 너도 나처럼 죽을 둥 살 둥
기를 쓰며 사는구나
그렇지, 그래야 살겄지

또 보세

오 넌 만에 만난 두 친구는
짬뽕에 소주를 한 병씩 나눠마시고
쿨한 작별 인사를 주고받는다.

"나보다 먼저 죽지 말어
그래, 우리 살어서 또 보세."

그런 인사가 슬프지 않은
그럴 만큼의 세월이란 무엇일까?

새로 산 이어폰은 불량

우리에게 얼마 전은
도대체 얼마나 가까워야
얼마 전이라고 할 수 있을까요?

이어폰이라는 것은
얼마나 소리를 크게 내어야
불량이 아니라고 할 수 있을까요?

네, 할머님 말이 맞습니다.
누가 뭐라 해도
새로 산 이어폰은 불량입니다.

하지만 얼마 전이 정말 정확히 언제인지
할머니 귀에는 얼마나 작게 들리는지
아무도 알 수 없습니다.

누가 이렇게 싹 털어 갔을까?

예로부터 크고 오래된 나무는 함부로 베지 않았다. 그것이 제 땅에 있다 해도 마을의 동의 없이 함부로 큰 나무를 베는 것은 몰상식한 행동이었다. 나무 스스로도 함부로 죽어선 안 된다. 나무 한 그루가 책임지는 생명의 수가 엄청나다. 뿌리와 줄기에서 살아가는 수많은 미생물과 곤충들, 설치류와 조류들, 나무는 거대한 터전이며 하나의 세계다. 오래된 시장은 한 그루 나무와도 같다. 길을 따라 뻗은 강인한 뿌리는 역동적인 생명력으로 수많은 사람들을 먹여 살린다. 건강한 나무가 몇 백 년을 사는 것처럼 시장도 그럴 수 있다.

언젠가 큰 나무를 고사시키는 방법을 들은 적이 있다. 대표적으로 두 가지 방법이 있다는데, 하나는 나무 밑동의 껍질을 벗겨버리는 것이다. 그러면 뿌리에서 먹은 물과 영양분을 줄기로 전달하지 못해 서서히 말라죽는다. 또 하나는 나무 주변에 깊은 구멍을 파고 제초제를 묻는다. 그렇게 하면 나무가 독한 기운을 못 버티고 죽는다. 전자는 눈에 띄고 잔인해 보이기 때문에 최근에는 후자의 방법으로 나무를 죽인단다.

나는 이 사회가 재래시장을 고사시키려 한다고 말하고 싶지는 않다. 부디 그런 것이 아니길 빈다. 하지만 시장 주변으로 생기는 백화점이나 거대한 마트들은 너무 위협적이다. 거대한 마트가 거대한 마트를 이기려고 또 생겨난다. 재래시장 골목이 얼마나 썰렁한지에 대한 관심은 없다. 재래시장 상인들에게 이런 현실은 통상적인 의미에서 악

몽이라고 볼 수밖에 없다. 나는 이런 생각이 들 때마다 무기력함을 느낀다. 아무 도움도 주지 못한 채 거대한 나무가 서서히 죽어가는 걸 바라만 보고 있다는 생각을 하게 된다. "어쩔 수 없어 세상은 변하는 거야!" 따위의 변명을 하면서…

곡물 가게 사장님은 문을 닫으며 이런 말씀을 하셨다. "나는 싹 털어간 잣나무에 펄쩍거리는 청설모 같어. 하루 종일 문을 열고 바쁘게 뛰어다녀도 먹을 게 없어." 그러게 누가 이렇게 싹 털어갔을까? 어렸을 때 키우던 강아지는 배부르면 더 줘도 먹지 않던데, 우리는 왜 이렇게 먹어도 먹어도 배가 고플까?

고장 난 방수 카메라

일요일은 손님이 없습니다.
벙글벙글 인사만 드리기에는
우린 너무 자주 마주칩니다.

사장님은 결국 저에게
고장난 방수 카메라를 파셨습니다.
2만 원이면 상당히 싸게 주는 거라고 하시더군요.

카메라는 고장났지만 방수는 잘 된다며
집에 가자마자 물에 담가 보라십니다.

감사하다고 해야 할지
저한테 왜 이러시는 거냐고 해야 할지

그 대신에 저는 이제
언제나 사장님을 찍을 수 있습니다.
물건을 파실 때도 전국노래자랑을 보실 때도
심지어 낮잠을 주무실 때도 사진을 찍습니다.

아마 싸게 준다는 말은
모델료 치고는 싸다는 뜻이었나 봅니다.

동그란 쟁반

"막내야. 엄마 잔칫집에서 일하니까 와서 밥 먹고 가."

뭐가 수줍다고
그 말씀을 듣지 않았을까요?

어머니는 언제나 저런 모습으로
남은 음식을 챙겨오셨습니다.

네 엄마, 하고 냉큼 달려가
설거지하는 울엄마 꼭 안아 드릴 것을
그랬으면 정말 좋아하셨을 텐데요.

무의 맛

어머니의 무는 달겠지요?
처음에는 매콤하지만
오랫동안 입가에 남는 달근함

그때 주신 호탕한 웃음이
아직도 저를 미소 짓게 하는 것 보면
어머니의 무는 먹어보나 마나입니다.

그의 라디오

학력고사를 몇 달 앞둔 고3 시절 가을, 기숙사에서 공부하던 나는 어머니의 권유로 잠시 고향에 머물게 되었다. 당시 집에는 객으로 머물며 농사일을 돕는 '장 씨'라는 아저씨가 있었다. 그는 묵묵히 일만 하는 사람이었다. 덥수룩한 머리에 고집스러운 표정을 지은 채 눈은 언제나 땅을 바라보고 있었다. 그의 유일한 낙은 라디오를 듣는 것이었다. 어디든 라디오를 들고 다녔다. 그것은 거의 장 씨의 분신과 다름없었다. 논에서 일할 때도, 밥을 먹을 때도, 아궁이에 불을 지필 때도, 잠들면서도 라디오를 듣는 것 같았다. 낮에는 라디오 소리가 거슬리지 않았지만 문제는 밤이었다. 시골의 밤은 어둡기만 한 것이 아니다. 소리도 사라진다. 이따금씩 개가 짖는 소리 말고는 정말 아무것도 들리지 않는다. 하지만 그의 라디오 소리는 잘 들렸다. 여름밤 귓가에 맴도는 모깃소리처럼 그 작은 소리는 집안 곳곳을 날아다녔다. 장 씨는 라디오를 듣다가 그대로 잠드는 모양이었다. 나는 그 라디오 소리에 공부고 뭐고 간에 아무것도 할 수 없었다. 노래가 들리고 말소리가 들리다가 다시 여자가 웃는다. 그러다 또 노래가 나온다. 차라리 내용을 들을 수 있으면 좋겠다는 생각을 했다.

나는 어머니께 기숙사로 돌아가야겠다고 말씀드렸다. 공부를 못 하는 환경은 불안감만 키울 뿐이었다. 어머니는 장 씨에게 부탁해 볼 테니 기다려보라고 했다. 잠시 후에 돌아온 어머니는 그의 성격에 대해 자세히 말씀해 주셨다. 장 씨는 고집이 세서 남의 말을 듣는 사람이 아니라는 것이다. 우리 집에 머물고는 있지만 원하는 일을 시킬 수 없다고 했다. 본인이 하고 싶은 일은 하고, 쉬고 싶을 때는 쉰다고 했다. 그러나 부지런한 사람이어서 시키지 않아도 필요한 일을 다 해 놓는다고 했다. 어머니는 오히려 나를 설득하셨다. 기왕에 왔으니 며칠 더 있다 가라고 말이다. 어머니의 말씀처럼 라디오 소리는 곧 익숙해졌다.

장 씨는 속을 알 수 없는 사람이었다. 몇 달씩 방을 비우기도 했다. 그러다 농사일이 바쁜 시기에는 돌아와 일을 거들었다. 사람들은 그가 혹독한 군 시절의 상처로 마음을 닫아버렸다고 했다. 그가 몇 년 동안 마을에 나타나지 않은 적이 있었다. 다들 객사했을 거라고 말했다. 하지만 어느 겨울밤, 손에 굴비를 한 두름 들고 불쑥 돌아왔다. 그리고 또 말없이 부엌으로 들어가 불을 지피고 라디오를 켰다.

세월이 흘러 까맣게 잊고 있었던 장 씨를 다시 떠올리게 된 것은 파트리크 쥐스킨트의 소설 『좀머 씨 이야기』 때문이었다. 전쟁에 대한 아픈 기억으로 비가 오나 눈이 오나 벌판을 걸어야 했던 좀머 씨, 지팡이가 그의 분신이었다. 그에게 걷지 말라는 것은 살지 말라는 말과 같았다. 읽는 내내 장 씨를 떠올렸다. "그러니 제발 좀 나를 그냥 놔두시오."라고 말했던 좀머 씨처럼, 장 씨는 사람에게 위로받기를 포기했을지도 모른다. 그를 위로한 유일한 것은 라디오였다. 라디오만은 아무 상처도 주지 않고 그를 위해 울고, 웃고, 노래해 주었다.

outdoor sports

꼭 춤추시는 것 같아요

그래?
그럼 자네도 들어와!

국물은 안 먹고 가려고?

장날은 썰렁했다. 주말이 겹친 장날이 이 정도라면 거의 사라지기 직전의 장터라고 할 수 있다. 좌판을 깔고 있는 할머니께 여쭤보니 근처에 대형 마트가 생긴 후부터 오일장이 사라졌다고 한다. 뭐 그다지 섭섭한 일도 아니라는 듯 담담하게 말씀하신다. 속으로는 '나도 이제 마트에서 물건을 사고 있다네.'라고 말씀하시는 것 같았다. 내가 이 장을 일부러 찾은 이유는 콩국수 때문이었다. 몇 해 전, 우연히 안성을 지나다 배가 고파 차를 세운 곳이 이 장터였다. 당시 나는 손님이 제일 많은 노천 국숫집에 앉아 콩국수를 주문했다.

고백하자면 나는 맛을 잘 모른다. 아무리 맛있는 게 차려져 있어도 대충 허기만 때우고 만다. 맛에 대해 관심이 없는 인간이라고 할까? 하지만 그날의 콩국수는 인상적이었다. 맛있었다는 것이 아니다. 콩국수가 원래 콩 국물에 국수 말아놓은 것이 아닌가, 고소하고 시원하면 그만이다. 난 무리없이 즐겁게 먹었다. 문제는 먹고 난 후였다. 면을 후루룩 먹고 국물을 몇 숟갈 떠먹은 후에 계산을 할 생각으로 지갑을 챙겼다. 그런데 옆 테이블의 할아버님이 날 유심히 쳐다보는 게 느껴졌다. 자리에서 일어나자 말까지 붙이신다. "국물은 안 먹고 가려고?" 내가 "예!" 하고 대답하자 안타깝다는 듯 몇 마디를 더 거드셨다.

"콩국수는 콩 국물을 먹는 거지 면을 먹는 게 아니라네."
"자네는 정말 먹어야 할 것은 다 남기고 가는 거야."

사람들이 다 나를 쳐다봤다. 사장님도 웃으시며 그러지 말고 더 먹고 가라고 하셨다. "아 그렇군요? 제가 이렇게 무식합니다. 그럼 조금 더 먹고 가겠습니다." 사실 나는 콩 국물의 비릿한 맛을 좋아하지 않는다. 콩국수를 먹은 것은 식당의 손님들이 다 그것을 먹고 있었기 때문이다. 하지만 나는 얌전하게 앉아 남은 국물을 다 마셨다. 뭔가 뿌듯한 기분이 들었다. 내가 어디에서 또 이런 관심을 받을까? 옆 테이블의 남자가 무엇을 먹든, 무엇을 남기든, 쳐다보고 살았는가? 이런 게 시골 인심이라는 생각이 들었다.

콩국수는 콩 국물을 먹는 거지 면을 먹는 게 아니라는 말, 요즘은 내가 써먹는다. 하지만 아직도 국물까지 다 먹는 것은 쉽지 않다. 그래서 콩 국물을 남기게 되면 이렇게 말하면서 일어난다.

"진짜는 국물인데, 너무 많아서 다 먹을 수가 없네요."
"귀한 걸 남기고 가서 죄송합니다."

기차역

어느 역은 기뻤고
어느 역은 슬펐고

그냥 지나쳤더라면 좋았을
그런 역도 있었겠지요.

당신이 다 지나갈 때까지
멈추지 않는 기차

눈을 질끈 감고
또 다음 역을 기다립니다.

어디에도 보내지 않으마

팔려 갔던 개가 돌아왔다.
얼마나 고생했는지
얼굴과 발이 상처투성이였다.

한 번도 가본 적 없는
그 먼 길을 어떻게 돌아왔을까?

다릿골과 내가 살던 마을 사이엔
산이 하나, 개울도 하나 있었다.
사람이 걷기에도 먼 거리였다.

그 시절 개들의 운명이라는 것은
매우 험난했다는 생각이 든다.
충성스럽게 집을 지키다
복날이 되면 아무도 모르게 사라졌다.

"너를 보내는 게 아닌데
미안하다. 이제 어디에도 보내지 않으마."
하며 밥을 주시던 어머니

자신을 버린 주인을 찾아
산을 넘고 물을 건넌 그 개는
천수를 누리고 살았을까?

그랬을 거다.
그렇게 믿고 싶다.

누가 쳐다보는 것 같네?

누렁소야!

배고프다고
누런 들판을
다 뜯어 먹으면
큰일 난다.

길 좀 묻겠습니다

학성리도 없고 학성역도 없었다.
굽이치는 장항선을 반듯하게 만들겠다며 오래된 역을 없앴다고 한다.
어르신께서 학성역 있던 곳의 위치를 상세하게 알려주셨는데,
길에서 호박꽃을 찍다가 그만 까먹고 말았다.
나는 이제 내비게이션이 없으면 길을 찾지 못하는 사람이 되어 있었다.
열심히 헤매다 다시 어르신을 만났다.

"섭섭하기는 뭐가 섭섭한가? 시끄럽지 않고 좋지 뭐!"라고 하셨지만
그 시절을 떠올리는 얼굴에는 그리움이 가득했다.
누군가의 추억 속에만 존재하는 것을 찾아온 내가 어리석었다.

그런데 내가 찍으려는 것이 그런 것들인지도 모르겠다.
이제 사라지고 없지만 생각하면 그리운 것들

그러니 헤맬 수밖에…

고맙지?

할아버지가
너희들 지루할까 봐
꽃 옆에 놓으신 거야

마늘종 한 단 얼마예요?

점심은 먹었냐고 물어봐 주셔서요.
어머니는 살아 계시냐고 물어봐 주셔서요.
살아계실 때 잘하라고 말씀해 주셔서요.

그 말씀이 고마워서요.
마늘종이라도 살 수밖에요.

그런 선생님이 제일 미웠다

손바닥을 맞아도
열 대면 주욱 열 대지
다섯 대 때리고 쉬었다가
또 때릴 테니 기다리라고
그런 선생님이 제일 미웠다.

그러다가도
아픈 손 꼭 잡아주시면
눈물 펑펑 쏟아내며
잘못했다고 울던 그 시절

잘 마른 들깨가
쇠도리깨에 맞고 쉬었다가 또 맞고
꼼꼼한 농부는 세 번은 나눠서 패야
마음이 놓이나 보다.

그렇게 열심히 패놓고 나면
꼭 안아주신다.
국민학교 때 그 선생님처럼…

당신은

한순간도
꽃이 아니었던 적이 없습니다.

아직 여름은 아니여

덥냐고?
덥다고?

나는 이제 잘 들리지도 않네.

혹시 매미가 우는가?
아직 매미 소리는 읎다고?

그럼 아직 여름은 아니여!

엄니 저 갈게요

왜 자꾸 엄니라구 그려?
울 아들 들으믄 섭섭하라구!

비는 내렸지만

부디 건강하시길 바란다고
언젠가 다시 찾아오겠다고 말했지만
나의 마음은 무겁습니다.

나의 우연한 당신의 초상이
내가 바라본 당신의 마지막일지도 모른다는 생각은
나를 한없이 숙연하게 만듭니다.

비는 내렸지만 흐리지 않았던 날
당신은 논에서, 나는 길에서
웃으며 함께 비에 젖던 날이었습니다.

아욱 된장국

나는 한때 블로그를 통해 '당신의 고향을 찍어드립니다.'라는 이벤트를 진행했었다. 당시는 사진가라기보다는 블로거라는 생각이 커서 사진으로 소통하는 즐거움에 푹 빠져 있었다. 덕분에 나는 전국을 두루 여행하게 되었다. 서산, 무안, 언양, 부산, 거제, 강릉 등 태어나 처음 가보는 곳이 많았다. 한두 번의 여행으로 마음에 드는 사진을 찍는 것이 쉽지 않았다. 원주를 여행할 때 생각했다. '오랫동안 알고 지낸 이웃 블로거와 마음을 나누기 위한 일이지 않은가, 소통이 먼저다. 여행을 즐기자.' 나는 '당신의 고향'이라는 이벤트를 통해 여행을 배웠다. 일정한 범위만 있고 특정한 목적지가 없기 때문에 어디든 멈추면 그곳이 목적지였다. 사람이 보이면 차를 세우고 이야기를 나눴다. 처음 보는 사람에게 웃으며 인사하는 것이 익숙해졌다. 허름한 여관에서 혼자 자는 것도 익숙해졌다. 울산의 석남사를 오를 때는 마음 깊은 곳에서 느껴지는 자유로움을 경험했다.

옥천의 어느 시골 마을이었다. 머리가 하얀 할머니께서 방금 뜯은 아욱을 다듬고 계셨다. 저녁에 아욱 된장국을 끓여 드신단다. "어머니, 제가 아욱 된장국을 언제 먹었는지 기억이 안 납니다."라고 말씀드렸더니 대뜸 저녁을 먹고 가라고 하신다. 늦어서 가야 한다는 나의 말에 얼마나 섭섭해하시는지 죄송할 정도였다. 챙겨주신 아욱을 차에 싣고 서울로 돌아오며 행복했다. 내가 드디어 여행다운 여행을 할 수 있게 되었다는 생각이 들었다. 비행기를 타고 멀리 다녀오는 여행보다 훨씬 뿌듯하고 만족했다. 보조석에서 쉬고 있는 카메라를 쓰다듬으며 이렇게 말했다.

"고맙다. 네가 날 또 어디로 데려갈지 기대가 크다.
앞으로도 잘 부탁한다."

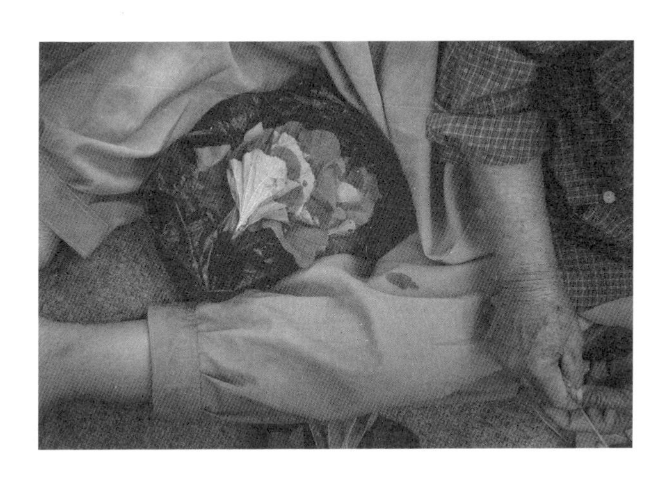

막걸리에게

하루가 멀다 하고 너를 찾는다고
밥은 없어도 너는 챙긴다고
너무 우쭐대지는 마라.

오늘은 빈대떡이 느끼해서
어쩔 수 없이 마시는 거다.

마늘밭에서

나는 아흔두 해를 살았습니다.
내 집은 백 살이 넘을 것입니다.

내가 죽으면
이 밭에 마늘 심을 사람이 없습니다.

내 집과 내 흙과 나는
함께 늙고 함께 사라질 것입니다.

자네 왔는가?

가끔은
처음 보는 사이여도
안녕하세요? 가 아니라
안녕하셨어요? 라고 인사해 보세요.

처음 보는 사이여도
오랫동안 알고 지낸 사이처럼
맞아주시는 분이 많답니다.

사진 많이 찍었소?

자 그럼, 그만 이리 와 앉어,
커피나 한잔 허구 가!

닫는 글

서울 상도동의 밤골이라고 불리던 마을에서 찍은 사진들도 이 책의 한 테마가 되었다. 바로 책의 3부에서 소개한 글과 사진들이 내가 경험한 밤골마을의 이야기들이다.

나는 틈만 나면 밤골을 찾았고 그곳의 주민들과 어울렸다. 퇴근 시간이 가까워 오면 마음은 이미 밤골의 언덕을 오르고 있었다. 나는 밤골이 참 좋았다. 텃밭과 마당이 있는 집들이 좋았다. 철마다 피어 나는 들꽃들도 좋았고 집 없는 고양이들도 좋았다. 무엇보다도 언제나 다정하게 맞아주셨던 할머님들이 좋았다. 고향에 온 듯 마음이 편했다. 밤골은 나에게 사진 이상의 것들, 이를테면 인생을 알려주었다. 그들과 함께 울고 웃었던 시간이 무척 감사하다. 머리말에 담지 못한 밤골마을 이야기를 조금 더 소개하면서 책을 마무리하려 한다.

밤골마을 이야기

2013년, 밤골의 봄은 잔인했다. 어느 새벽에 마을의 한 집이 예고도 없이 강제로 철거되었다. 기습적으로 벌어진 일이었다. 주민들의 항의에도 아랑곳없었다. 한 달 동안 네 채의 집이 같은 방법으로 사라졌다. 집에서 쫓겨난 주민들은 몸만 떠나야

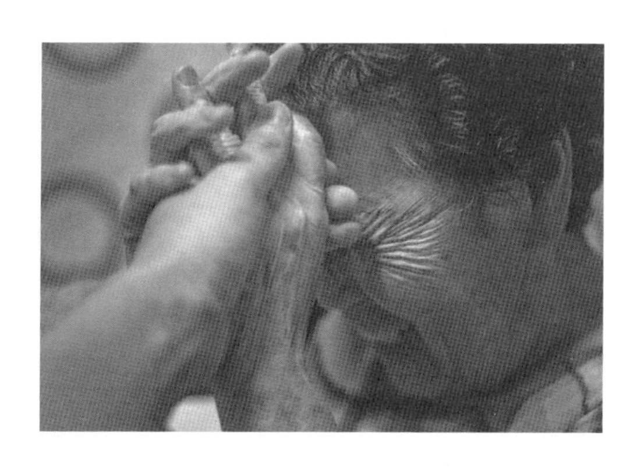

했다. 가구나 가전제품도 챙기지 못했다. 밤골을 최대한 빨리 빈 땅으로 만들고 싶은 재개발 업자들의 욕심, 만행이었다. 그들은 이런 식의 공포의 확산이 얼마나 효과적인지 잘 알았다. 견디지 못한 주민들이 스스로 밤골을 떠나기 시작했다. 떠나지 못하는 주민들은 갈 곳이 없는 사람들이었다. 하루하루가 불안했다. 당시 순희 할머니는 가슴이 두근거려 도저히 주무실 수가 없다고 하셨다. 그리고 나에게 이런 말씀을 하셨다.

"자네는 카메라만 들고 다니면 뭐 하나?
이런 일을 세상에 알려야 할 것 아닌가?"

나는 정말 뭐 하러 카메라를 들고 밤골을 다녔던 걸까? 마음이 아팠다. 그동안의 내 행동들이 가식적으로 느껴졌다. '죄송합니다. 저는 아무 힘도 없는 사람입니다.' 마음속으로 말씀드렸다. 더 이상 밤골을 찾을 수 없었다. 그 이후 나는 소소한 자연 풍경들을 찍고 다녔다. 산과 바다를 찍고 들에 핀 꽃도 찍었다. 멀리 해외에 나가 그곳 사진들도 찍었다. 세상은 참 아름다운 곳이었다. 그러나 아무리 멋진 곳을 찾아다녀도 마음속에는 허전함이 남아 있었다. '밤골은 어떻게 되었을까? 할머니는 아직도 잘 계실까? 혹시 사람들이 모두 떠나버렸을까?' 몹시 궁금했다. 그래서 그해 가을 다시 밤골을 찾았다.

마을은 평온했다. 여기저기 꽃이 피고 나뭇잎들은 아름답게 물들어 있었다. 순희 할머니는 나를 보고 매우 반가워하셨다. 왜 그동안 오지 않았냐고, 어디가 아팠냐고, 걱정했다고 말씀하셨다. 죄송한 마음에 왈칵 눈물이 났다. 나를 반겨줄 거란 생각은 미처 하지 못했었다. 그리고 생각했다. '사진이 뭐라고, 사진이야 정말 대단한 사람들이 찍겠지. 나는 그냥 밤골에 놀러나 오자.' 마음이 훨씬 편해졌다. 친구 집에 가듯, 고향에 가듯, 밤골을 찾았다. 시간만 나면 언제든지 밤골에 갔다. 할머니와 자장면도 시켜 먹고, 텃밭에 물도 주고, 밤골상회에서 아이스크림도 사 먹었다. 나는 마치 밤골 주민처럼 지냈다. 그리고 지난 2016년, 밤골은 철거되었다.

나는 지금도 가끔씩 밤골을 찾는다. 마을은 사라졌지만 언덕 위로 오르는 길은 남아 있다. 그 길을 걷고 있으면 기분이 좋아진다. 마을 초소에 순희 할머니가 계실 것만 같다. 밤골은

나에게 어떤 마음을 사진에 담아야 하는지 알려주었다. 나는 밤골과 함께 한 5년을 결코 잊지 못할 것이다. 본문에서 소개한 사진 몇 장과 글로는 마음속 깊게 자리 잡은 아쉬움을 달랠 수 없으리란 것도 잘 안다. 이래도 저래도 달랠 수 없는 아쉬움은 그냥 그리움으로 남기려 한다.

나는 책을 읽다가 마음에 드는 구절이 있으면 접어놓는 버릇이 있다. 언젠가 다시 읽히길 바라는 마음의 표시이다. 접을 것이 많은 책들은 가까이에 둔다. 주로 컴퓨터 책상이나 침대 머리맡에 둔다. 그래서 손때 묻은 시와 에세이들이 항상 손이 닿는 거리에 있다. 언제나 나를 위로하기 위해 대기하고 있다. 가까이 두고 싶은 책, 언제든 펼치면 마음 한구석이 따뜻해지는 책, 그런 책이 될 수 있을지 걱정이다.

말할 수 없어 찍은 사진, 보여줄 수 없어 쓴 글 [개정판]

지은이 최필조
펴낸이 정광성

초판 1쇄 펴낸날 2019년 10월 1일
개정판 1쇄 펴낸날 2022년 12월 9일

펴낸곳 알파미디어
출판등록 제2018-000063호
주소 (05387) 서울시 강동구 천호옛12길 18, 한빛빌딩 4층(성내동)
전화 02-487-2041
팩스 02-488-2040

ISBN 979-11-91122-38-1 (03810)
값 18,000원